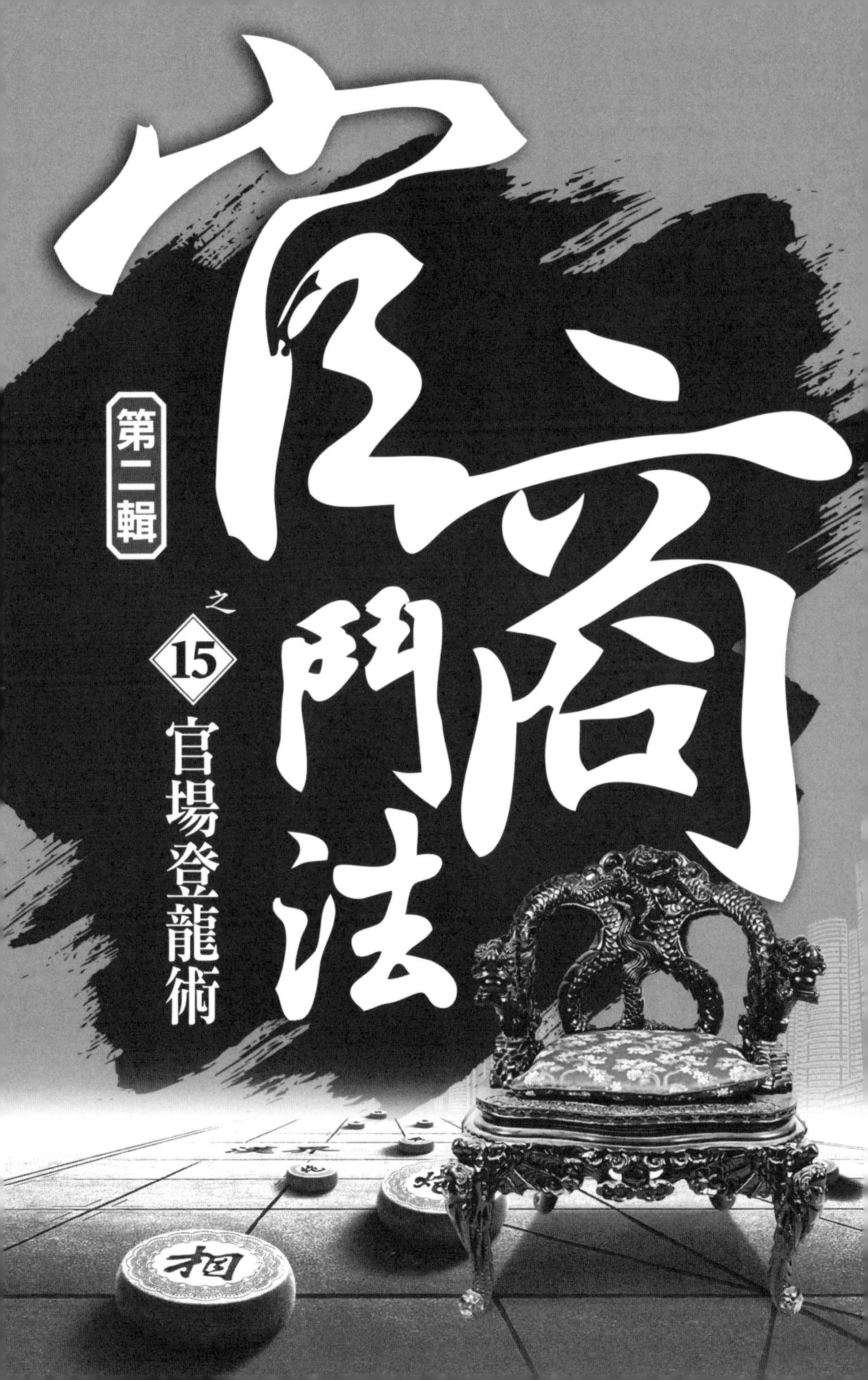
官商鬥法
第二輯
之15
官場登龍術
相

目錄
CONTENTS

第一章

囊中之物

金達的心情有點落寞，他一直是把孫守義視作一個很好的搭檔。
顯然他對孫守義的認識是錯誤的，孫守義在他面前的順從，不過是作出的偽裝，
現在孫守義大致已經確定市長是他的囊中之物了，他的偽裝也就扯下來了。

孫守義心裏暗自鬆了口氣，他剛跟束濤和解，自然不想在這個時候去做什麼針對束濤的事，那樣束濤一定會恨他不講信義，從而會用一些更狠的手段來針對他。現在金達轉了口風，他就不用夾在兩者之間爲難了。

孫守義便隨口捧了金達一句說：「還是您的眼光遠大，知道目前最重要的事情是海川市的發展。」

金達心說：我不去追究束濤就是眼光遠大了？我眼光如果真的遠大，早就該看出你是一個陰奉陽違的傢伙才對。

金達的心情有點落寞，他一直是把孫守義視作一個很好的搭檔。顯然他對孫守義的認識是錯誤的，現在看來，以前孫守義在他面前的順從，不過是爲了爬上市長寶座而作出的僞裝，現在孫守義大致已經確定市長是他的囊中之物了，他的僞裝也就扯下來了。

這一刻，金達甚至有一種衝動，想要去找呂紀撤換掉孫守義這個市長繼任人選。但是他心中也很清楚，事情發展到了這一步，局勢已經不是他說改變就可以改變的了，甚至呂紀可能都無法做出改變的決定了。

金達心中有一種像被迫吞下蒼蠅一樣的噁心，但是他也只得壓下這種噁心，笑笑說：「行了老孫，你先出去吧，我要收拾一下，回頭我就安排市委的人來幫我把東西搬走。」

孫守義說：「不用我幫忙嗎？」

金達搖搖頭，說：「除了書和文件之外，也沒什麼可收拾的，行了，你去忙你的吧。」

孫守義離開了金達的辦公室。金達暗自搖了搖頭。按照他原來的預想，他成了市委書記，孫守義成了市長，他們的合作一定會像在市政府時的那麼親密無間。但現在看來是他一廂情願了，孫守義心中可能早就另打主意了。

要看透一個人真是不容易，回想一下，孫守義似乎早就爲了要當上市長做了很多的準備工作，市裏面幾個重要部門的一把手跟孫守義的關係都很鐵，這些人以後自己會不會指揮不動呢？

金達想到這裏，心裏有些凜然，他開始後悔以前過多的依賴孫守義，很多事情都是安排孫守義去做，從而給了孫守義壯大聲勢的機會，現在卻有尾大不掉的感覺。

金達覺得自己要調整一下工作策略，對孫守義做些防範措施，不要剛坐上市委書記，就被孫守義給架空。看來現在要多拉攏于捷，就能掌控足夠的優勢，形成一種可以制衡孫守義的局面。

孫守義從金達辦公室出來，回到自己辦公室。

進門後，他的臉沉了下來，他從剛才的對話中感受到了金達對他的不信任。金達剛才提到鄧子峰和束濤，根本是故意在試探他，是想了解他跟鄧子峰和束濤現在的關係。

對金達這種猜忌心理，孫守義很是無奈，也很反感。他並沒有想對金達做什麼，起碼目前沒有。跟鄧子峰和束濤的事他也並不想刻意隱瞞，只是無法跟金達實話實說罷了。

按說金達也是在官場上打滾許久的人了，應該清楚他那麼做有他的苦衷，能諒解他；而且兩人合作的時間不短，彼此的脾性也都很了解，實在沒必要為了一些無關緊要的枝節問題懷疑他。但是看金達的意思，好像已經對他很不滿了。

此刻孫守義開始理解傅華了，難怪傅華會對金達心生怨懟，金達這種胡亂猜忌的習慣，確實讓人很難接受。

孫守義也越發後悔那天跟束濤喝酒不該喝那麼多的，否則那天碰到金達，他一定會有很好的應對方式，也不至於搞到市長還沒當呢，就讓金達對他有了心結。

不過自己那天也真的是有點得意忘形了，鬥了那麼久的對手主動找上門來求和，這讓他充分享受到了勝利者的喜悅，也就忘了約束自己。他自我反省道，如果想要在仕途上走得更遠的話，絕不能再有類似的事情發生了。

此刻他更迫切的盼望上面推薦他成為代市長的公文早點下來，這樣他好儘快擺脫妾身未明的狀態，進入到市長的氛圍中去。

傅華知道金達成為市委書記的消息時，正是在笙篁雅舍的家中。

傅瑾早上起床時突然咳嗽發燒，他和鄭莉趕忙將兒子送到醫院，經過大夫診治，原來是感冒了。

傅瑾還小，不會說話表達他的痛苦，就不斷的啼哭，哭得鄭莉坐立不安，傅華不好在這個時候走開，幸好駐京辦今天也沒什麼重要的事，傅華就打電話跟羅雨說了一聲，留在家中陪他們。

傅華在臥室裏哄傅瑾睡覺，鄭莉則在旁邊觀察著傅瑾的狀況，倒是一副家庭和樂的景象，傅華希望這一刻可以久一點。

好景不長，就在這時，傅華的手機響了起來，本來要睡著的傅瑾睜開了眼睛，四下看著，尋找鈴聲響起的地方。鄭莉的眉頭皺了起來，不高興的瞪了傅華一眼。

傅華趕忙跑出臥室接電話，電話是市政府辦公廳打來的，通知他金達成爲市委書記的任命公布了，對此傅華早就有心理準備，便說了句我知道了，掛了電話。

收起手機後，傅華想回臥室去，但是鄭莉已經把臥室的門關上了。傅華想借機跟鄭莉緩和關係的企圖失敗了，傅華忍不住罵說：這個混蛋真是會找時間，偏偏在這時候打什麼電話，讓他喪失一次大好良機。

此刻在傅華的腦袋裏，絲毫沒有想要打電話去跟金達道賀的意思，他覺得金達成爲市委書記跟他沒有什麼關係，他也不需要跟金達說聲恭喜。

對他來說，鄭莉比金達更重要，這些日子傅華雖然賴在家中，但是鄭莉對他仍是不理不睬，幾次他藉口看傅瑾，硬是賴皮的進去主臥室，卻被鄭莉黑臉的趕了出來。好不容易因爲傅瑾感冒，鄭莉給了他幾分好臉色看，卻被這通電話給攪局，傅華自然是很氣惱了。

經過兩次婚姻，傅華越來越覺得女人是一種跟男人完全不同的動物，女人總有她們獨特的邏輯，讓男人搞不懂。

原本傅華覺得鄭莉比趙婷理性，也更能理解他。但是事實證明，一遇到事情，所有的女人都是一樣，鄭莉也不例外，認爲都是男人的錯；而只要是男人的錯，又都是不可原諒的。

傅華自認他不是一個厚臉皮的人，但是爲了挽回鄭莉的心，他卻不得不涎著臉賴在家裏，還得不時看鄭莉的臉色。他不知道鄭莉對他這種態度什麼時候才會改變，他也沒有別的辦法讓鄭莉改變，因此覺得心裏很累。

再次被關在門外，傅華心情十分鬱悶，待在家中也沒別的事情可做，就拿了鑰匙出了門。

他開著車，走了一段距離，才想到自己不知道要去哪裡。這個時間他不想回駐京辦，看了看所在的位置，他不知道怎麼開到了湯言的公司附近。心想乾脆去找湯言好了，順便看看湯曼現在如何。

豔照事件之後，爲了避嫌，傅華儘量減少跟湯曼的接觸，也不知道湯曼最近怎麼樣。其實整件事中最無辜的就是湯曼了，她跟方晶根本沒有直接衝突，完全是是受他和湯言的牽累，才被捲進這個事件中。

而傅華想去找湯言，也是他開始逐漸意識到，湯言身後強大的背景將來某一天也許他可以用得到。

傅華在這次事件中唯一收穫到的好處，就是湯言覺得是他害傅華遭到方晶的報復，尤其是之後傅華所遭遇的一連串不幸，因而對傅華感覺有所虧欠，對傅華態度好了很多，更是在鄭堅面前替他做了不少工作，讓鄭堅沒有找上門來替女兒打抱不平。

湯言這種人很難得對別人感到歉疚，傅華覺得如果能夠適當的加以利用這種微妙的心理，將來湯言未嘗不會在某些方面給他提供幫助。

經過一連串的事件，傅華現在的視野已經不僅僅停留在海川，他知道只有把視野跳出海川，才能更有力地去影響海川政壇。雄獅集團的合資就是一個典型的例子。

另一方面，傅華這麼做也是不得已而爲之，他跟金達的關係不斷惡化，未來海川市已經被金達掌控，他更不想把命運交給金達去操弄，他必須多利用自己的人脈資源，爲自己建立一個讓金達不敢碰他的防火牆，湯言身後的勢力正是其中之一。

進了湯言的公司，傅華沒有看到湯曼，便直接去敲湯言辦公室的門。

湯言正在辦公室裏跟鄭堅聊天呢，鄭堅看到傅華，臉馬上就垮了下來。雖然他沒有去找傅華理論，但是他心疼自己的女兒，自然沒好臉色給傅華看。

傅華知道鄭堅對他很有意見，不過招呼不能不打，就衝著鄭堅笑笑說：「爸，您也在啊。」

鄭堅白了傅華一眼，沒好氣的說：「是啊，你小子跑來湯少這裏幹什麼？」

傅華說：「我正好走到這裏，就想來看看湯少。」

湯言這時站了起來，對鄭堅勸說：「鄭叔啊，您就別再給傅華臉色看了，他現在的日子也不好過。」說著，指了指沙發說：「坐吧，傅華，我給你倒水喝。」

「謝謝了，湯少。」傅華苦笑說，去沙發上坐了下來。

鄭堅瞅了傅華一眼，說：「小莉這兩天怎麼樣？對你還是不理不睬的？」

傅華說：「是啊，我現在是十惡不赦啦，早上傅瑾感冒，我和小莉一起送他去醫院看病，心想好不容易逮到一個機會可以跟小莉親近一下，偏偏市裏來電話，我出去接電話，小莉就把我關在臥室外了。」

鄭堅冷笑一聲說：「你那是活該，誰叫你做出那種事情來呢？」

湯言在一旁打圓場說：「鄭叔啊，您別說這種幸災樂禍的話了，您和我一樣，都是經常出來玩的，應該知道男人是什麼德行。比起我們來，傅華簡直是聖人了，他倒楣就倒楣在被方晶設計了而已。」

鄭堅不以爲然地說：「我們玩歸玩，可沒玩出火來。這小子倒玩得驚天動地，能怪誰啊！」

湯言勸說：「那也不能都怪他啊，鄭叔，您就幫傅華跟小莉多說說好話，讓他們夫妻早日和好吧。有句話怎麼說來著，寧拆十座廟，不破一樁婚，您總不想讓他們夫妻倆散夥吧。」

聽湯言幫他說話，傅華趕緊看著鄭堅，盼望鄭堅真能出面幫他說服鄭莉就好了。

鄭堅瞪了傅華一眼，說：「你看我幹什麼，看我也沒有用。雖然我不待見你，但是我也不想小莉和你離婚，背地裏我和你阿姨可是也幫你說了不少好話，但是你也知道，在小莉面前，我的話還沒有你的管用呢。」

傅華不禁嘆了口氣，他知道鄭堅說的是實話，小莉做事一向有自己的主見，很少會聽鄭堅這個父親的。

鄭堅說道：「自己的事自己想辦法解決吧。行啦，你跟湯少聊吧，小瑾病了是嗎？那我去看看他。」

鄭堅離開了湯言的辦公室，湯言看了看傅華，說：「你不會真的是路過這裏，順便上來看我的吧？」

傅華笑了，說：「是真的，我剛才在家裏鬱悶到不行，開車出來，正好開到這裏就上來了。我沒什麼事，如果你沒時間，那我走就是了。」

湯言說：「我也沒什麼事，最近沒操作什麼股票，就是看看行情。坐吧，我陪你聊聊天。」

傅華感激地說：「謝謝了，如果你把我趕出去，我還真的不知道該去哪裡好了。」

湯言擺了擺手說：「這麼客氣幹什麼啊？你我也算是同病相憐，都是被方晶那個臭女人給害的。媽的，要不是她跑澳洲去了，我一定找人整死她。我父親前兩天知道了這件事，把我叫去好一頓臭罵，說我沒能力把事情做好，淨交往些亂七八糟的人，害到了自己的妹妹。」

傅華聽了，臉紅了一下，說：「不好意思啊，你家老爺子這是在罵我吧？」

湯言笑著搖搖頭說：「他不是那個意思，小曼跟他解釋了事情的來龍去脈。老爺子也是社會經驗豐富的人，自然也知道你和小曼是被人設計的。他不高興的是，我們湯家的人被人設計了，卻還沒地方出氣，所以怪我不該交往像方晶這樣的人。」

傅華心裏鬆了口氣，他還真擔心湯曼的父親會把這件事情遷怒在他身上。

他雖然不怕湯言的父親，但是湯言的父親位高權重，可不是金達那種小角色可比的，如果湯言父親真想對他做點什麼，他根本就無法對抗。

傅華無奈地說：「不是就最好了，這件事我覺得最對不起的就是小曼了，剛才進公司也看到她，不知道她現在怎麼樣了？」

湯言莫可奈何地說：「哎，那丫頭沒心沒肺的，根本就沒拿那件事當回事。傅華，小曼跟我們這樣年紀的人想法完全不同，我們在乎的，他們根本就不在乎。」

傅華哀怨地說：「唉，如果小莉能和小曼這樣子想就好了，我就不用受這種活罪了。」

「小莉脾氣是倔了點，誒，你就沒想想別的辦法？」湯言問。

傅華嘆說：「能想的辦法我都想了，沒用的。現在我只好厚著臉皮賴在家裏，希望哪一天老天爺能開眼，讓她回心轉意。」

湯言聽了笑說：「那你就這麼賴著吧，女人就怕賴皮的男人。」

傅華不禁抱怨說：「你看我像是會對女人死皮賴臉的人嗎？對我來說，不啻於是一場煎熬。哎，不說這些了，你知道金達做海川市委書記了。」

湯言說：「是嗎？他的能力比莫克要強多了。咦，你跟金達的關係不是很好嗎？金達做了市委書記，對你倒是一件好事啊。」

傅華搖了搖頭，感慨說：「此一時彼一時。金達現在對我是一肚子意見，我對他也很不滿意。」

湯言詫異地說：「你的脾氣不是一向很溫和的嗎，怎麼會跟金達鬧成現在這個樣子呢？」

傅華發著牢騷說：「你也知道因爲照片的事，前段時間鬧得是沸沸揚揚的，那時候莫克嚷著要處分我，我當時四面楚歌，急需要朋友出面拉我一把，連孫守義都出面幫我講話了，金達卻是一聲不吭，你說，這樣能不讓人心寒嗎？」

湯言愣了一下，說：「金達真的這樣？這可就真的有點不仗義了。」

傅華說：「事情明擺在那裏，我能撒謊嗎？」

「那你的事最後是怎麼解決的呢？」湯言好奇問道。

傅華說：「我費了點心思，找了以前的一個老上司，現在的東海省委秘書長曲煒，讓他幫我在省委書記呂紀面前說了些話，呂紀批評了莫克一頓，莫克這才放我一馬。」

湯言恍然大悟說：「原來那個曲煒是你的老上司啊，前些日子呂紀帶他來見過我家老爺子來著，好像是爲了爭取東海省委常委來的。」

傅華詫異地說：「我知道他來北京，只是不知道他還見過你家老爺子。」

「傅華，政治上的事，通常我家老爺子不願意我去參與。不過呢，你這次的楣運我多少也有點責任，如果以後這件事還有什麼後遺症的話，你跟我說一聲，我想辦法幫你擺平。」湯言很有誠意地說。

傅華忙說：「沒必要了湯少，我不想讓你爲難。」

湯言笑笑說：「爲難什麼啊，我就偷著讓我家老爺子的秘書給呂紀去個電話就行了，這種事情我又不是沒做過。」

傅華相信湯言的確是能做到這一點，估計湯言也沒少讓他父親的秘書打著他父親的旗號找人辦事的。反正也沒有人搞得清楚領導秘書講的話是不是真的是領導交辦的。

這就有點像鄭老前幾天說的那種狐假虎威，是一種借勢的行爲。領導如果得勢，貼身秘書一個暗示或者一句話，就能輕易的把領導的勢給借過來。因爲不會有人真的傻到去問領導本人，追究事情真相。

從另一方面講，就算不是領導的真實命令，辦事的人也會裝糊塗，照辦無誤的。因爲得罪領導秘書，跟得罪領導是沒什麼區別的，他們隨便在領導面前說幾句小話，你就要賠上一輩子的仕途了。

聽到湯言的這句承諾，傅華心裏很高興，湯言這種心高氣傲的人不會輕言許諾，但是一旦做出承諾，就會一言九鼎。

不過傅華不想讓湯言知道他很想得到這個承諾，就笑笑說：「你這傢伙，就是有鬼點子。一般情況下我是不需要啦，不過還是謝謝你了，湯少。」

傅華這天跟湯言聊得很愉快，他很久沒有跟人這麼敞開來聊天了，他也不擔心湯言會將他的話傳出去，湯言的高傲性格讓他不屑於這麼做，因而他毫無顧忌把這陣子心中的苦水全部倒給湯言。

他的煩悶因爲有了傾訴的管道，一掃而空，所以儘管事情依舊無解，但是他離開湯言辦公室時，心情卻覺得好了許多。

海川市，城建局。

金達帶著一班人，是來看海川市舊城改造工程項目的進展情況的。舊城改造項目是金達主抓的項目，所以他在接任市委書記之後第一次到下面部門視察，就選擇了城建局。

城建局長早就帶著一班人恭迎在門口。

在跟城建局長握手的時候，金達眼睛的餘光掃到了站在城建局局長後面的劉麗華。

金達很難不去注意到劉麗華。一是因爲劉麗華的穿著實在是太醒目了。她穿了一身白色的套裝，加上性感的身材曲線，在城建局這些穿著古板的工作人員之中，就分外的搶眼，正常人應該第一眼都會注意到她的。

另一方面，這些工作人員當中，劉麗華算是金達比較熟悉的人，她是孫守義拜託他將她安排到城建局的，金達自然不會忘記她的樣子。

那時，金達是抱著爲孫守義解決麻煩的心態做這件事，他也因此更加確定劉麗華和孫守義之間的關係有曖昧，不然孫守義也不會請他調動劉麗華的工作了。

此刻金達看到劉麗華，又是另外一種心態了，他因爲對孫守義有了提防之心，劉麗華就不再是應該要解決掉的麻煩，而是能夠拿來作爲對付孫守義的武器了，他便很關心劉麗華現在跟孫守義的關係是不是還持續著。

金達跟城建局長握完手後，目標馬上就對準了劉麗華，他笑笑說：「小劉啊，你可是越來越漂亮了，看樣子在城建局工作的不錯啊。」

劉麗華趕忙跟金達握了手，說：「金書記又來打趣人家了。」

近距離看，金達注意到劉麗華眉眼含春，皮膚透出一種少婦才有的豐腴滑膩，這是受到男人滋潤的女人才會有的狀態。金達猜測劉麗華調來城建局後，跟孫守義的關係並沒有中斷。而且不但沒有中斷，反而因爲注意的人少了，往來的更加頻繁。

金達認真的說：「我可沒有開玩笑啊，你讓大家看看，現在的你多漂亮啊，不用說，肯定是有男朋友了，所以才這麼美麗動人啊。」

劉麗華忙否認說：「金書記您可別瞎說，我沒有男朋友的，不信，您可以問城建局的領導們，他們能幫我證明的。」

城建局局長取笑說：「小劉，這個我們可無法證明啊，關上門來，誰知道你有沒有在屋裏藏著個男人？不過，這又不是什麼丟人的事，你單身，找男朋友也是正常的，不需要否認的。」

金達注意到城建局局長說屋裏藏著男人的時候，劉麗華的臉騰地一下子紅了，他知道這是說中了劉麗華的心事了，孫守義一定是經常來偷著跟劉麗華約會的。

金達有心想繼續捉弄劉麗華，卻發現其他人的眼神有一種怪異的光芒，這種光芒熱切而且曖昧。他心頭一凜，知道這些人看他這麼熱情的跟劉麗華說話，一定是以爲他跟劉麗華有什麼特殊的關係了。

於是便轉頭對城建局局長說：「先不要進辦公室了，我們直接去舊城改造現場看看吧。」

一行人上了車，直接去舊城改造項目的現場。

丁益和伍權事先知道金達今天要來視察，早就等在工地現場。見車子過來，丁益和伍權急忙迎了上來。

金達下了車，就去看現場的施工狀況。現場就選在鋸樹事件發生的那個地帶，束濤搞出來的鋸樹事件等於是幫了丁益和伍權一個大忙，讓那幾棵老樹沒有了搬遷移植的問題。樹沒了，有心人想要鬧事也沒有依據了，原本的麻煩迎刃而解。而且因爲查出鋸樹事件是城邑集團的李龍彪搞出來的，與丁益和伍權無關，所以這個地方也就被允許重新開工建設。

金達看到施工機械在轟隆轟隆的作業，不由得感慨萬千。幾天前這裏還是麻煩的源頭，鋸樹事件鬧得他焦頭爛額，幾乎無法接任這個市委書記。轉瞬間，這裏已經大興土木起來，他也坐上了市委書記的寶座。局勢真是瞬息萬變，令人難以掌握啊。

金達問了丁益幾個施工方面的問題，丁益詳細的作了解說。他對丁益的回答很滿意。不過也強調工程的進度有些遲緩，希望丁益和伍權能夠加快工程的進度。

丁益苦笑了一下，說：「書記，工程進度遲緩您應該清楚是什麼原因，這可怪不到我們頭上的。」

金達說：「我知道，是有些人故意搗亂嘛，不過現在原因已經排除了，你們是不是也應該加快進度了？」

丁益訴苦說：「我們也想加快進度，不過在拆遷的過程中，我們付出的代價遠遠超出了預期，目前資金方面有些困難，我們想快也快不起來啊。」

金達瞅了一眼丁益，對丁益的說法有些不滿意，皺了皺眉頭說：「丁總，你這麼說可就不應該了，你們當初競標的時候就應該想到這些問題的啊？怎麼工程開始這麼長一段時間，又抱怨什麼資金不足？」

丁益陪笑著說：「書記，我知道這本該是我們公司自己的問題，但是拆遷進度遲緩，不但延誤了工程的進度，還讓我們付出了比預期多很多的資金。這個市裏是不是也要爲我們考慮考慮啊？」

丁益表達的很委婉，他實際上是想對金達說：拆遷進度遲緩，政府也應該負上一部分責任。

這個項目一開始進行的時候，莫克本來是想把這個項目拿給束濤的，因為遭到丁益和伍權的狙擊，莫克的企圖沒能實現，項目也轉由金達負責。

因為出現這些變故，莫克對這個項目就乾脆不聞不問了。但是金達擔心莫克因為在項目招標上受挫而產生不滿，在主導工程改造項目的時候，就十分小心謹慎，特別是在拆遷過程中，金達嚴格按照法規執行，亦步亦趨，不敢越雷池一步，深怕給莫克報復的機會。

但是這也害苦了丁益和伍權，不但使丁益和伍權必須付出比正常要高很多的代價拆遷，還嚴重延誤了工程的進度。

早一天完成工程，資金就能早一天回收；多拖延一天，就等於多增加一天的成本，所以進度實際上就等於是金錢。工程的嚴重延誤，讓丁益和伍權很快就耗盡了原本籌措的資金。

他們本想從銀行貸款解決困境，但是銀行向來是只會錦上添花，不會雪中送炭的。看丁益他們工程進展不順利，銀行自然不願意貸款給丁益他們。加上顧忌莫克，金達也不願意用政府的名義給銀行施加壓力，因此貸款融資這條路就走不通了。

被逼無奈，丁益和伍權只好轉向私人求助，因此才會去找賭船公司的呂鑫合作。但是呂鑫十分精明，他的錢可不是那麼好借的，他把資料拿去研究了半天，至今還沒決定是否要投資這個項目。

沒有資金的後援，工程自然是進展緩慢了。丁益向金達強調資金困難的問題，也是想讓金達看看能不能設法幫幫他們。

現在海川政壇形勢發生了很大的變化，金達成了海川的一把手，丁益覺得只要金達願意，一定能幫他們解決資金的問題。最起碼金達如果給銀行施加一下壓力，那些行長們便不得不考慮貸款給他們。

金達也很清楚丁益和伍權面對的困難是什麼，這是他負責的項目，他也不想讓項目陷入困境，就沉吟了一會，說：「資金的問題，回頭政府會研究一下看看怎麼解決。」

在工地轉了一圈，一行人回到城建局的辦公室進行座談。這種座談會做秀的成分居多，因此進行的很輕鬆。

在電視臺的攝影機前，金達針對丁益和伍權彙報的問題，談了他的看法，他以鼓勵的口吻，讓他們自己找到解決的辦法。

座談會結束後，金達離開城建局。整個過程中，都沒再去理會一直跟在旁邊的劉麗華，似乎當劉麗華不存在一樣。這種從熱情變冷淡的做法，看在城建局陪同人員眼中，反而有些欲蓋彌彰的意味，他們越發覺得金達和這個劉麗華關係不簡單了。

第二章

啞巴吃黃連

孫守義很清楚他跟劉麗華的關係是瞞不過金達的，
金達出任市委書記去的第一個部門就是城建局，他的目的是不是也太明顯了？
孫守義做賊心虛，越想越覺得金達這麼做是針對他，心裏就特別的不舒服。

應酬完座談會，丁益和伍權回到公司。

伍權大感不滿地說：「丁益，你說這個金達究竟是什麼意思啊？忙活半天，一點有實質意義的東西都沒講。」

丁益嘆說：「領導還不都是這個樣子，場面上只會講一些空話、廢話，這樣可以避免擔上什麼責任。今天金達已經算是不錯了，至少答應會研究一下怎麼解決我們的資金問題。」

伍權罵說：「研究一下有個屁用啊？研究研究，最後還不是一句空話?!誒，丁益，你說金達這麼說，是不是想讓我們向他進貢啊？」

丁益遲疑了一下，說：「應該不是吧？金達好像不是這種人。」

伍權笑了，說：「這世界上還有不吃腥的貓？丁益，我們現在能動用的流動資金不多了，再找不來資金的話，我們很快就得停工了。管他金達是什麼樣的人，我看湊點錢給他送過去，讓他幫我們協調一下銀行，趕緊把資金的問題解決算了。」

丁益爲難地說：「怎麼送啊？我們跟金達私下關係又不密切。」

伍權看了丁益一眼，說：「要不你問問傅哥，他原來跟金達很熟，應該知道怎麼打點金達比較好。」

丁益想了想說：「行，我回頭打個電話給傅哥，問一下他，看看他怎麼說。」

晚上，孫守義在外面應酬完回來，信手打開電視，撥到了新聞頻道。做爲海川主要的領導幹部，孫守義每天只要時間允許，就一定會看看海川電視臺的新聞，好掌握海川的社會動態。

九點半，是新聞重播的時間，第一條新聞就是金達今天在城建局相關領導的陪同下，視察舊城改造項目的施工現場。

孫守義一開始並沒有太拿這條新聞當回事，通常這種新聞都是那種走過場的新聞，看過就算了，沒有什麼實際價值。而且孫守義早知道金達今天的行程安排是要去看舊城改造項目的。

不過，就在鏡頭閃過片段的時候，孫守義愣了一下，他竟然看到了劉麗華，畫面裏，金達和劉麗華似乎正在講什麼。孫守義心裏咯登一下，金達這是想幹什麼啊？

孫守義很清楚他跟劉麗華的關係是瞞不過金達的，劉麗華去城建局還是金達出面安排調動的，金達出任市委書記後，去的第一個部門就是城建局，還跟劉麗華接觸，他的目的是不是也太明顯了？

孫守義做賊心虛，越想越覺得金達這麼做是針對他，心裏就特別的不舒服，心說：金達，你有必要這個樣子嗎？我還沒有當上市長呢，你就動作不斷的來針對我。

孫守義拿起電話，打給劉麗華。

劉麗華接通電話，很高興的說：「守義，是不是你一會兒要過來啊？」

孫守義說：「我過去什麼啊，你又不是不知道我現在正是爭取市長的關鍵時期，容不得半點閃失的。」

劉麗華嘆了口氣，沮喪地說：「真是白高興了，人家還以爲你打電話是準備過來呢。」

孫守義說：「我打電話給你，是剛才在新聞裏看到你和金達。你怎麼會出面接待金達啊？」

「那是局裏安排的。」劉麗華不以爲意地回說。

「我看金達好像還跟你說過話，他都說了什麼啊？」孫守義忍不住問。

劉麗華說：「也沒說什麼啊，就是開了我幾句玩笑。怎麼了？」

孫守義追問：「開玩笑，開什麼玩笑啊？」

「就是說我又漂亮了，是不是有男朋友了的風話，再別的就沒說了。你說，這金達是不是挺奇怪的，我在市政府的時候，見了我都是板著一副面孔，不苟言笑的，今天不知道怎麼了，還跟我開起這種玩笑來，這可不像他的作風啊。」劉麗華疑惑的說。

孫守義馬上就猜到金達爲什麼會跟劉麗華開這種玩笑了，冷笑一聲說：「是不像他的作風，他這是在試探你跟我是不是還有往來呢。」

劉麗華愣了一下，說：「不會吧？他試探這個幹什麼？」

孫守義沒好氣地說：「他試探這個，當然是看看將來是不是能利用你來對付我了。」

劉麗華聽了緊張起來，說：「那怎麼辦啊？我回答的話會不會有什麼問題啊？對你會不會有什麼妨礙？」

孫守義安撫她說：「你別慌張，沒事的，金達目前還僅僅是猜測，手裏並沒有什麼真憑實據，只是你要多注意點，最近也不要跟我聯絡，什麼都等我成了市長再說。」

劉麗華趕忙答應說：「行，聽你的，你也要小心些啊。這個金達真不是個東西，居然把主意打到我的身上來了。」

聽劉麗華這麼說，孫守義心裏暗自好笑，政壇上哪個人不是勾心鬥角的啊？爭來鬥去早就是政壇的常態了。

轉天，孫守義跟海川市政府一位叫做何飛軍的副市長在一起吃飯閒聊的時候，何飛軍突然做出一副神秘的樣子，低聲對孫守義說：「守義市長，你聽說沒有，我們的金達書記在下面單位有一個情人。」

何飛軍是海川市政府排名靠後的一個副市長，平常跟孫守義走得很近。雖然同是副市長，級別一樣，但由於孫守義是常務副市長，還是市委常委，權力要比何飛軍大了很多。

孫守義愣了一下，金達一向潔身自好，怎麼會有情人呢？他心裏很好奇，看著何飛軍說：「不會吧，我接觸的金達書記好像不是這種人啊？」

何飛軍曖昧的笑了笑說：「起初我也不相信，也覺得金書記不是那種人，但是有人說的有鼻子有眼，有名有姓的，可信度很高，就不得不信了。」

孫守義疑惑起來，難道自己真的被金達給騙了？那他的表演功力也實在太強了。就問何飛軍說：「真的有這麼個女人？」

何飛軍一副篤定的樣子說：「當然啦，這個女人你還認識呢。」

我認識？孫守義迅速在腦海裏把平時他認識而且能跟金達接觸上的女人過濾了一遍，想了半天，也沒想出這個女人是誰，就問道：「究竟是誰啊？」

何飛軍笑笑說：「你啊，真是遲鈍，還能是誰啊，劉麗華唄。」

孫守義這時正端起茶喝了一口，聽到「劉麗華」這三個字，撲哧一下，差點將嘴裏的茶水給噴出來，他怎麼也想不到何飛軍居然會把劉麗華跟金達扯在一起。

「你也很吃驚吧？」何飛軍看孫守義吃驚的表情，笑道：「我也很驚訝，不怕你生氣，我原本以爲劉麗華跟你有一腿，那陣子市政府都在這麼傳。哪知道是金達把這女人給吃了。媽的，金達還挺有豔福的嘛，劉麗華這女人還真是不錯，那腿、腰和胸，都是男人渴望得到的。」

「別一副色迷迷的樣子行嗎？」孫守義聽何飛軍猥瑣的評論劉麗華，心裏很不舒服，就像何飛軍在他面前把劉麗華給扒光了一樣。男人的心理都是如此，一旦擁有這個女人，就不希望別的男人再來染指。

何飛軍不好意思地說：「我也就是說說而已嘛。」

孫守義追問道：「是誰跟你講金達書記和劉麗華是情人關係啊？」

「是城建局一個朋友說的，絕對是可靠消息。守義市長，你知道劉麗華是怎麼去城建局的嗎？」何飛軍神秘兮兮地說。

孫守義有點明白爲什麼外面會傳說劉麗華是金達的情人了，劉麗華是金達出面調到城建局的，外面的人只看到金達調動劉麗華，卻沒有人知道是孫守義在其中的作用，多心的人自然就把金達和劉麗華扯到一起去了。

孫守義自然不會承認是他讓金達安排調動劉麗華的，那等於是不打自招他才是劉麗華的情人了，於是裝糊塗的說：「我不知道，難道是金達書記這麼做的？」

何飛軍點點頭說：「就是金達書記，千真萬確。原本城建局的同志們還沒懷疑他們的特殊關係，昨天金達書記不是去城建局嗎?你不知道他見了劉麗華有多高興，又是說劉麗華更漂亮了，又是跟劉麗華開玩笑說她有男朋友了，要多熱情就有多熱情，你說他們不是情人關係又是什麼啊！」

孫守義心裏別提有多好笑了，這真是張冠李戴了，金達完全是爲了試探劉麗華跟他的關係，沒想到反而被誤會，變成了金達跟劉麗華是一對情人。

政治人物和漂亮女人的緋聞一向是政壇上最受人注意的事，金達又是在眾目睽睽下跟劉麗華顯得很親密，好事之人本來就喜歡見風就是雨，這下有了實證，自然對金達和劉麗華的關係言之鑿鑿了。

孫守義暗自想到，不知道金達聽到這個說法會是什麼反應？八成會氣得肚子痛吧！更慘的是，他還啞巴吃黃連，有苦說不出，無法說出劉麗華實際上是孫守義的情人。

孫守義便看了看何飛軍，說：「老何，這種事聽聽就算了，千萬不要再到處去說，傳到金達耳朵裏，對你可就不好了。我們要盡量維護金達書記的形象，別跟著以訛傳訛。」

孫守義不想讓金達和劉麗華的事被廣泛傳播，那樣人們會更加留意劉麗華的行蹤，這會間接造成他和劉麗華幽會的障礙，因此他才阻止何飛軍，倒不是他真的想要維護金達的形象。

何飛軍笑說：「我知道，我也就是跟你私下說說而已，別人面前我根本就不會說的。誒，守義市長，你的市長任命是不是也快下來了啊？」

孫守義瞪了何飛軍一眼。他不想在正式任命公佈之前跟人討論這個問題，他內心始終有一種沒來由的恐懼，深怕說這件事的人多了，會把這件事情給說沒了。於是警告說：「別瞎說啊，老何，什麼我的任命快下來了，我怎麼知道啊？這是上面的事，你可不要亂講話。」

何飛軍卻說：「守義市長，你就別裝了，這根本都是公開的秘密了，你要出任海川市市長早就在東海傳遍了。」

孫守義嚴肅的說：「老何，你又不是官場的新手，有些規矩你應該知道，人事命令只要沒正式公佈，就還存在著變數，不能作準的。老何，你嘴上有個門好不好？可別害我啊。」

何飛軍不以爲然地說：「好，好，我不說了還不行嗎！其實我也沒別的意思，就是想問一下你，如果你真的升爲市長，省裏面是會從外面調一個常務副市長進來，還是會從海川就地提拔一個人來做這個常務副市長啊？」

孫守義這才明白何飛軍心裏在想什麼，原來這傢伙是想做常務副市長啊！孫守義覺得何飛軍想要爭取常務副市長幾乎是不可能的。這傢伙能力平庸，也沒做出什麼傲人政績，省委沒有理由會選擇他。

孫守義笑了笑，譏誚的說：「怎麼，你對這個常務副市長有想法？」

何飛軍坦承說：「說一點想法都沒有那是假的，走上官場這條路，誰都會想往上爬，這麼好的機會放在眼前，不去想那簡直是聖人了。不過，我也知道自己沒什麼後臺背景，想做這個常務副市長機會十分渺茫。」

孫守義笑說：「既然知道，那你還這麼熱心幹什麼啊？」

何飛軍靦腆地說：「我這不是想往前動動嗎？你看，你和前任的穆廣副市長都是從外面安排進來的，我們這些做副市長的就只能原地踏步。如果是從海川本地直接提拔一個做常務副市長，那我們這些人總有一天會輪到的。怎麼樣，守義市長，幫我們這些苦哈哈爭取一下吧？」

孫守義打哈哈說：「這個你要去跟金達書記說，跟我說有什麼用啊？我現在只是一個副市長，就算有心幫你，也沒這個能力啊。」

何飛軍笑了笑說：「有沒有用你心裏清楚，可能的話，還是幫我們爭取一下吧。」

孫守義不禁看了一眼何飛軍，心想：如果自己做了市長，倒是真的可以想辦法讓這傢伙動一動，就算不能讓他成為常務副市長，最起碼也調整一下分工。這種對未來不會有太大奢望的人，如果能給他一點預期之外的好處，他一定會對自己忠心耿耿的。

孫守義說：「你放心，可能的話，我自然是會盡力幫忙的。」

金達把調研的第二站放在了海川市公安局，他意識到他對公安局控制得太少，公安局基本上都在孫守義的掌控之中，這對一個市委書記來說，是很不利的。

姜非和唐政委一起出來迎接他，隨後金達在會議室裏聽取了姜非的工作報告。

彙報完，姜非請金達作指示。金達說：「姜局長啊，市委和市政府對你們近期的工作很滿意，你們做得很好，值得表揚。」

說到這裏，金達頓了一下，參加會議的同志鼓了鼓掌，金達接著說道：「我沒有什麼指示，今天過來就是跟同志們交流一下意見，想瞭解一下公安局這邊有沒有什麼困難，看看我這個市委書記能不能幫你們解決一下。」

姜非和唐政委就說了公安局經費上的困難，金達認真的記錄了下來，然後說：「公安是一個城市的守衛，再苦也不能苦了公安同志，我回去會跟市裏其他領導研究一下，看看怎麼解決這個問題。」

中午，金達就留在公安局，跟姜非、唐政委一干公安局的領導們一起吃飯。姜非和唐政委因爲金達答應幫他們解決經費問題，都顯得很高興，跟金達聊得也很開心。

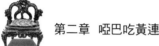

聊天當中，金達半開玩笑半責備的對姜非說：「姜局長啊，你是不是對我有什麼意見啊?還是我的辦公室門很難進，怎麼我很少見到你去我那裏啊?」

姜非笑說：「這可能與我的個性有關吧，我這人喜歡做一些專業性的工作，不太善於跟領導們打交道。」

金達聽了，說：「你這個性格跟我差不多，我也是寧願多做少說，當初的省委書記郭奎同志爲此沒少批評我。後來我想想，郭書記批評我是對的，我們既然走到了領導的崗位上，就不能只埋頭苦做，也需要代表單位表達一些意見，是吧，姜局長？」

姜非聽金達把兩人歸爲同類性格，心裏油然的產生了一種親切感，他算是實幹型的人，個性也是偏於多做少說，正因爲這一點，雖然在省廳破的案子不少，卻不受省廳領導的賞識。

姜非受教地說：「是的，金書記，我這方面是欠缺了一點。」

金達笑了笑說：「那就要改進啊，像今天這個經費緊張的問題，你不找我反映，我怎麼會知道呢？今天我就把郭書記對我的批評轉送給你，希望你改變一下自己的工作作風。有什麼事情多跟我談談。我金達還不是那麼嚇人的吧？」

姜非和唐政委都被金達最後一句玩笑話逗笑了。

金達順勢又對唐政委說：「老唐，你別跟著瞎笑，你跟姜局長一樣，我很少看到你的人影。我在這裏再次聲明，我的門是向你們兩個敞開的，目的不是讓你們給我送點什麼，而是我想跟兩位共同努力，一起把海川的公安工作搞好。你們明白我的意思吧？」

姜非和唐政委連連點頭，表示他們明白。

金達掃了兩人一眼，心裏說：也不知道自己對這兩人的籠絡有沒有什麼效果，如果這兩人聽懂了他話中的意思，就會主動向他靠近的。但是如果這兩人還是像以前一樣，只知道靠攏孫守義的話，那就要想別的辦法了，說不定把這兩傢伙想辦法換掉算了。

公安相當於市委書記的耳目，莫克當初在海川之所以很被動，就是因爲莫克沒有掌控公安這一塊，金達可不想讓自己陷入跟莫克同樣的境況，因此他首先要解決的就是公安的問題。

他今天來公安局，給足了姜非和唐政委面子，想要的就是兩人投桃報李，對他也要有一定的忠誠度。

他並不擔心姜非會因爲忠誠於孫守義，就不忠於他；作爲市委書記，金達覺得他有足夠的資源能夠掌控海川的局面。市委書記最有力的武器就是人事權，要用誰或者不用誰，有很大的決定權，就憑這一點，就讓他們不敢輕易挑戰他的權威。

金達最近就感受到自從他市委書記的任命公佈後，很多人對他的態度立即有了明顯的改變，很多過去跟他疏遠的人，現在紛紛找各種理由跟他套交情。

金達也算是在政壇上嘗盡了酸甜苦辣，深知位子對一個官員的重要性；想要保住位子，卻不去靠近市委書記，那可就很難了。

這也是金達有信心掌控海川局面的主要原因，他不相信有官員會拿自己的烏紗帽開玩笑。想來眼前的姜非和唐政委也是一樣的。孫守義跟他們私下關係好又怎麼樣，他們能不顧頭上的烏紗帽嗎？

北京，海川駐京辦，傅華辦公室。

傅華接到丁益打來的電話，說：「傅哥，這次你可要幫我好好參謀一下啊。」

傅華笑笑說：「什麼事啊？」

丁益就把金達去視察的情形講了一遍，然後問道：「傅哥，你說金達這是什麼意思啊？研究研究，他研究什麼啊？是不是想讓我們送錢給他啊？」

傅華聽了，有所保留地說：「這種事我沒辦法幫你參謀什麼，我一向是不主張向領導們行賄的。」

丁益求助說：「你可別看我的笑話啊，傅哥，幫我拿個主意吧，我現在真是被錢難住了。」

傅華說：「我不是看你的笑話，這個我真的不好給你什麼意見。再說，就我對金達的瞭解，金達應該是不喜歡這一套的，恐怕你送了的話，效果反而會適得其反的。」

丁益卻說：「人是會變的，傅哥。」

傅華笑說：「再怎麼變，有些本質的東西是改變不了的。」

「那就不一定了。你知道嗎，最近這幾天海川傳得最熱門的八卦是什麼嗎？」丁益有趣地說。

傅華隨口開玩笑說：「是什麼啊，不會是金達包二奶了吧？」

丁益愣了一下，隨即說：「嘿嘿，傅哥，我真是佩服你，遠在北京，對海川的消息還這麼靈通啊，這最新出爐的緋聞你都知道了。」

這下反而換傅華發愣了，他說：「不會吧，金達真的找了情人了？」

丁益哈哈大笑了起來，說：「傅哥，你說現今這社會還有什麼事不會發生啊?!前段時間不是有報導說，有個官員生活極爲簡樸，很多人都以爲他是一個清廉的人，結果竟被揭發說他受賄上千萬。他收到的錢都不敢花，全部藏在家裏的地下室裏。這倒好，提心吊膽辛苦撈到的錢全部被收繳，倒是肥了國庫了。」

這是真人實事，是現在官場上一個兩面官員的典型事例。傅華也看過這段新聞，這個人處處標榜自己清廉，衣服破了都捨不得換，結果卻極諷刺的被發現是個大貪官。

不過傅華並不認爲金達是這樣善於僞裝的兩面人，金達也許是小心眼了點，卻不會這麼不檢點。而且金達自詡甚高，他的目標並不僅限於市委書記這個職位，他期待的是更高的位置，因此金達絕不會放鬆自己，搞出情人之類的八卦緋聞來的。

如果說這件事發生在孫守義身上，傅華還有可能相信，因爲孫守義是爲了仕途才娶沈佳的，他又有過前科；可是金達很愛他的妻子萬菊，之前錢總那件事，萬菊曾經想跟金達離婚，以保住金達的前途，金達卻甘願搭上仕途也不肯跟萬菊離婚，這說明金達跟妻子感情相當好。

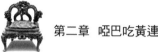

傅華便搖搖頭說：「丁益，我還是不相信金達會做出這種事情來，一定有什麼誤會。」

丁益笑笑說：「傅哥，你這人就是太善良了，總是把人往好處想。誤會什麼啊，這都有根有據的，那女人原來在市政府工作，後來金達可能覺得把這女人放在身邊太顯眼，就出面找了城建局局長，把她調到了城建局去，這件事千真萬確。傅哥，自古錢和色是不分家的，金達現在是貪上色，錢的方面會不會也……」

傅華阻止了丁益的揣測：「別瞎猜，我敢說如果你真的拿錢去找金達，一定會碰一鼻子灰的。那個女人的事不一定是真的，金達還沒到敢這麼明目張膽爲情人謀私利的程度，如果那個女人真是他的情人，他就不會親自出面了。」

傅華對金達再瞭解不過了，金達向來愛惜自己的羽毛，絕不會搞出這種給人口實的事情來。傅華並不知道這期間發生了什麼事，但是他本能的認爲這是某些有心人故意搞出來陷害金達的，他還是堅信金達不會做出這種事情來。

如果是以往，傅華第一時間就會打電話給金達，提醒他注意不要被小人陷害；但現在他跟金達的友誼不復存在，他就沒必要再去提醒金達什麼了。

丁益未免有點失望，他對傅華向來崇拜，很相信傅華的判斷不會錯，傅華這麼說，也許金達的緋聞真是一場誤會，於是苦笑說：「我本來還覺得可以想辦法跟金達溝通一下，解決資金問題呢，你這麼說，看來又沒戲了。」

傅華說：「不行賄，你也可以跟他溝通啊，既然他答應你要研究，應該會幫你想辦法吧？」

丁益嘆說：「現在這些官員哪有不收錢就幫你辦事的？何況我跟他關係也不是很親近。傅哥，要不你幫我出面試探一下金達，看看他究竟是什麼意思？」

傅華爲難地說：「不行啊，你又不是不知道我最近跟他鬧得很不愉快。你不能想想別的辦法嗎？比方說那個呂鑫，他的投資你拿不到嗎？」

丁益哀嘆說：「能拿得到我還需要找金達幹什麼啊？唉，如果你都不能幫我，那我就只有等死了。」

傅華想了想說：「要不我幫你找找孫守義看看，讓他問問金達，能不能幫你們向銀行融資貸款。」

丁益無奈地說：「也好，你幫我問問孫守義吧，現在都在傳孫守義要做海川市的市長，如果他肯出面幫我們，銀行也許就會貸款給我們了。」

傅華說：「那行，回頭我找個時間問一下孫守義。」

丁益催促說：「別回頭了，傅哥，我現在等資金等得都要瘋了，你能不能馬上就找孫守義啊？」

傅華說：「行，我馬上就給孫守義打電話。」就趕忙打給了孫守義。

「傅華，找我有事啊？」

傅華聽孫守義語氣中帶著一股春風得意的味道，猜想孫守義出任海川市市長的好事已經近了，不過任命尚未公佈，傅華不好馬上向孫守義道喜，免得萬一落空就尷尬了。

傅華笑笑說：「是啊，副市長，有件事我能不能麻煩你一下？」

孫守義說：「跟我不用這麼客氣，有什麼就說吧，不用拐彎抹角的。」

孫守義這種直爽的態度，比起金達就是讓人舒服，傅華便說：「是丁益的事，他們在舊城改造項目上遭遇到資金困難的問題，想讓我問一下您，能不能幫他們從銀行貸點款出來。」

孫守義聽是舊城改造項目的事，遲疑了一下，他知道丁益和伍權遭遇到資金困境，他也很願意幫這個忙。但問題是，丁益已經向金達反映過了，在金達還沒做出明確的回應前，他不知道金達的真實想法是什麼，如果貿然插手處理，不知道會不會惹到金達。

孫守義思量了一下，斟詞酌句地說：「傅華啊，丁益他們遭遇資金困境的事我知道，按照情理來說，我是應該幫他們想想辦法的。但是現在爲難的是，這件事金達已經過問了，我再插手，恐怕金達會不高興的。」

孫守義這麼說，傅華就知道孫守義的困難點在哪裡了，孫守義目前正在全力爭取市長寶座，如果在這個時候惹惱金達自然是不智的。

傅華只好說：「我明白了，那就算了，我讓他們自己想辦法吧。」

孫守義仗義地說：「他們能想什麼辦法啊，有辦法他們也不會讓你找我了。這樣吧，我幫你問問金達，看他究竟是個什麼意思。」

孫守義就出了自己的辦公室，過去敲了敲金達辦公室的門，推門走了進去。

金達抬頭看到是孫守義，笑笑說：「是老孫啊，找我有事？」

孫守義不想說是傅華讓他來的，他知道金達現在最不願意聽到傅華的名字，就笑了笑說：「書記，是這樣子，丁益現在資金十分緊張，想問一下市裏面能不能幫他協調銀行的融資貸款。」

金達看了孫守義一眼，有點不太高興孫守義爲丁益出面協調這件事情。其實這件事他已經在考慮了，只是還沒騰出時間來跟四大行的行長們做溝通，所以還沒給丁益進一步的答覆。他不明白丁益爲什麼找過他之後還要找孫守義。孫守義這麼做，一定是想籠絡丁益和伍權他們。

孫守義這麼一出面，事情就被孫守義搞得有點複雜了，顯得好像是他在爲難丁益和伍權，而孫守義卻在盡力幫忙。金達如果告訴孫守義他正在協調這件事，會讓人感覺是孫守義出面後，他才有所行動，功勞就變成是孫守義的了。

金達便嘲諷的說：「老孫，你進入狀況倒挺快的，這麼快就以市長的身分來質問我啦？」

孫守義聽出金達的語氣不悅，愣了一下，他感覺金達做了市委書記之後，底氣比以前足了很多，說話也比以前衝了，這傢伙還真是有點得意忘形了啊。

孫守義趕忙陪笑說：「書記，我可沒這個意思。我有沒有機會做市長還很難說呢，又怎麼敢以市長的身分質問您啊。只是丁益說他們的資金很緊張，如果再沒有資金進賬的話，他們就得停工了。這個項目不是您在負責的嗎？如果真的停工了，對您的形象也不好，所以我才幫他們來問您的。」

孫守義一副爲他著想的樣子，金達倒不好再對孫守義開炮了，便把矛頭轉向丁益，責備說：「這個丁益也是的，怎麼一點耐心都沒有啊，他就不能等等嗎？我就是想要幫他們跟銀行溝通也得時間啊，不是嗎？」

「他們現在真是火燒房梁了，不得不急啊。這麼說，您早就替他們打算好了？」孫守義旁敲側擊地問說。

金達沒好氣地說：「是啊，這個項目是我負責的，我能不管他們嗎？只是我現在還沒抽出時間找四大銀行溝通而已。回頭你跟丁益說，市裏面對這件事會有安排的，別再四處找張找李的了。」

孫守義立即說：「行，我回去就跟丁益說。」

孫守義回到自己的辦公室，關上門後，臉就沉了下來。剛才金達的態度實在是讓他很惱火，連譏誚帶指桑罵槐的，雖然說的是丁益，可是矛頭實際上是指向他。

孫守義覺得金達在成爲市委書記後，對他的態度越來越不友善了，甚至很多事情直接針對他，大概是想樹立市委書記的權威才這樣吧。他也從唐政委那裏得知金達去市公安局的所作所爲，立即明白金達當天的表態是在籠絡姜非和唐政委，以加強對公安部門的掌控。

孫守義雖然對此心知肚明，卻不好講什麼。金達也是在克盡他市委書記的本分，他是沒有立場對此說三道四的。

孫守義便只對唐政委笑了笑說：「老唐，金書記講的很對，你們確實應該多跟他彙報接觸的。」

唐政委別有意味的看了孫守義一眼，含糊地說：「是啊，我們公安部門是應該多跟金書記彙報的。」

兩人就沒再談這個話題，但是孫守義心中卻被這件事扎了一根刺，想到就隱隱作痛。他沒想到金達這麼快就著手防備他了，難道市委書記和市長之間總會產生矛盾的魔咒就這麼難以避免嗎？

孫守義平靜了一下自己的心情，這才撥通了傅華的電話。

「傅華，我剛才問了金書記，他說已經幫丁益協調了，不過需要時間。你讓丁益耐心等一等吧。」

傅華覺得金達這個答覆基本上還是空話一句，需要時間，需要多久時間啊？一天也是時間，一個月也是時間，不過傅華也知道，孫守義已經盡力了。便說：「那我轉告丁益讓他耐心等等吧，謝謝您了，孫副市長。」

傅華把金達的答覆轉達給丁益，丁益聽了，不禁苦笑說：「這是要我們等到什麼時候啊？」

傅華只好勸說：「耐心的等吧，估計金達也不會讓這個工程出什麼問題的，畢竟這項目的負責人是他。」

丁益別無他法，也只好說：「好吧，那就等吧，反正我也沒別的招數了。」

第三章

重大事故

孫守義重覆了一遍姜非剛才報告的情形，說：
「火勢很猛，消防員衝不進去，所以很多人沒救出來。
書記，您看是不是先跟省裏彙報一下？」
以眼下的形勢來看，這場火災將被列為重大事故，按照規定，是要逐級上報的。

孫守義掛了傅華的電話後，心中越想越不是滋味，這樣子下去，他跟金達還沒開始搭班子呢，就要鬧個不亦樂乎了。

孫守義望了望窗外的天空，外面的天空是晴朗一片，但是他的心卻是惆悵而糾結的。他拿起電話，不由自主的撥給了遠在北京的趙老，他需要這個政治上的導師來給他撥開雲霧。

趙老聽完，輕鬆的笑笑說：「金達動作還挺快的啊，這就開始卡位啦。」

孫守義說：「我也沒想到他會這麼快就變臉。老爺子，你別光笑啊，告訴我接下來該怎麼辦啊？我擔心金達既然開了頭，接下來會越來越過分的。」

趙老老神在在地說：「你怕什麼，兵來將擋，水來土淹。他身後有呂紀支持，你身後也有我們這些老傢伙啊，不用擔心。」

孫守義抱怨說：「話是這麼說，可是這滋味就不對了，我真擔心我會忍不下這口氣跟金達衝突起來。」

「千萬別，」趙老語氣嚴肅起來，說：「現在可是你的關鍵時期，就算有天大的火氣，你也要壓下去，知道嗎？」

孫守義說：「這我清楚，但是金達實在太過分了，我又沒招惹他，他有必要這麼對付我嗎?!」

趙老看孫守義憤憤不平的樣子，不禁說道：「小孫啊，你這樣可有點不對頭啊，這不是你現在該有的情緒。這樣吧，你也好久沒回來了，找個理由回北京吧，我想當面跟你談一談。」

孫守義猶豫了一下，在這個關鍵時刻，他擔心有什麼變故，並不想離開海川，便說道：「老爺子，我這個時候離開海川好嗎？」

趙老笑了笑說：「有什麼不好的，該做的安排都做了，你的市長位置只要沒有太大的意外，基本上是已經定了的，在這個時候遠離是非中心，對你只會有利而不會有害的。再說，你現在不是不待見金達嗎？回北京也可以離他遠一點。」

孫守義想想也是，爲了當這個市長，他能做的都做了，如果真有什麼事導致他無法做成這個市長，他就算人在海川，也是無能無力，於是說：「行，我馬上就回北京。」

趙老說：「回來後，馬上就來見我，我有話要交代你。」

孫守義就去找金達請假，金達對此無可無不可，眼下也沒有什麼急事，就批准了孫守義的請假。

孫守義回到北京，當晚就和沈佳一起去了趙老家。

趙老看到孫守義，笑笑說：「怎麼，沉不住氣了啊？」

孫守義苦笑一下說：「是有點，這人事部門也是的，怎麼就遲遲不肯發布我的任命呢？我如果現在是代市長的話，也可以有身分去對抗金達了。」

趙老打量著孫守義，不禁問說：「小孫，你是不是覺得自己好不容易就要熬到市長，覺得可以揚眉吐氣了，心情就浮躁了起來？」

孫守義被趙老說的有些尷尬，否認說：「我沒有吧，老爺子？」

一旁的沈佳卻說：「怎麼沒有啊，老爺子能冤枉你嗎？守義，你看你一副急樣，還說什麼人事部門怎麼遲遲不下任命，這是你該說的話嗎？這哪還有你原來的沉穩啊？」

孫守義不太喜歡沈佳用這種教訓的口吻對他說話，即使她說的是對的。其實沈佳很多時候看問題比他透澈，但是當著外人的面被自己老婆教訓，並不是件讓人愉快的事。

孫守義便不高興的說：「小佳，你怎麼也不理解我的心情啊？我哪裡是在怪人事部啊？我的意思是，金達這麼做很不應該。」

趙老看了孫守義一眼，說：「小孫，你別用這種口氣對小佳說話，她又沒說錯什麼。」

趙老向來很疼愛沈佳，孫守義不敢開罪趙老，只好笑笑說：「對不起，老爺子，我被金達搞得心緒很亂，說話就有點衝了。」

趙老點點頭說：「小孫，你確實有點亂了分寸了，如果你理智一點，就該知道金達做這些事是一個市委書記必須要去做的，不然的話，他就無法掌控整個市的局面了。你要是明白這一點，也就不會對他這麼不滿了。」

孫守義不明白趙老爲什麼會這麼說，趙老的意思，倒好像金達針對他是應當的一樣。

他困惑的說：「老爺子，我不太明白你的意思。」

趙老笑說：「小孫，你不是笨人啊，怎麼這個道理都想不明白呢？難道一個市長的位子就讓你不能理智的思考問題了？」

孫守義反駁說：「老爺子，我知道您做組織工作這麼多年，市長這個級別你早就不看在眼中了，但是對我來說，這是我奮鬥了這麼多年才爭取來的，我當然會緊張了。」

趙老開導他說：「誰在往更高層邁進的時候，都會緊張的，但是緊張歸緊張，卻不能把這種心態帶到工作當中去。你現在這種心態，就是做了市長，恐怕也是難以做好的，成天想著誰要對付你，心怎麼能放在工作上呢？你要做到心態淡定，只有心定了，才能做出正確的政治判斷。小孫，我對你有很大的期望，可不希望你做了市長就止步不前了。」

孫守義低下了頭，說：「老爺子，我這些日子確實是有點太浮躁了，把事情想得太簡單了。」

趙老說：「你豈止想簡單了，你根本就是想錯了！你要知道，市委書記和市長完全是兩種不同的概念，市長只要做好民生方面的工作就可以了，市委書記不同，必須要統籌全局，要做好這個城市的一把手，想事情的角度就要不同於市長。掌控公安部門，樹立自己的權威，這是做好一個市委書記的必要條件。」

孫守義抱怨說：「老爺子，您說的這個我也知道，我不反對金達這麼做，不過他也不需要一上來就這麼針對我吧？」

趙老反問道：「他怎麼針對你了？有些事我覺得你是搶得太急了。就說那個叫什麼束濤的商人吧，你有必要這麼急著去跟他結交嗎？就算你真的覺得他可以利用，大可在你做代市長之後，再跟他接觸也不遲啊。現在倒好，你的代市長還在空中飄呢，卻讓金達知道了你在跟他勢不兩立的對手接觸。你告訴我，換了是你，你會怎麼去想啊？」

孫守義不說話了，趙老說的很對，換了他是金達現在這個位置，也會跟金達一樣這麼做，甚至可能做得更過分。

趙老看孫守義不說話，就說：「你現在覺得金達那麼做不過分了吧？是你的行爲激怒了他，他所做的不過是正常的反應罷了。你啊，做了市長之後，一定要多設身處地，多做換位思考，那樣你才會明白你的對手爲什麼會那麼做。」

孫守義有所領悟地說：「老爺子，你這麼一點我，我心裏就明白多了。今後我會謹慎的把握自己的。」

趙老滿意地說：「你能明白就最好了。你現在要把心態放平，不要金達一做什麼，你就覺得他是在針對你。就算他是真的針對你，你也要把它視作是一種考驗，平心靜氣的去面對。如果你能平心靜氣，就會發現很多事並不是像你想的那麼難以解決的。」

孫守義點了點頭，說：「我知道了，老爺子。」

趙老又說道：「再是啊，雖然你不用去怕金達，但是也不要事事都想著要跟金達對著幹，他現在剛當上市委書記，正是樹威的時候，你如果跟他對著幹，只會逼他不得不拿你開刀，那你們兩人除了決裂，不會有別的結果。聰明的做法，是跟他維持一個表面上的和氣，這對你和他都有好處。你要明白，做市長並不是爲了去跟什麼人鬥氣的。」

趙老的話讓孫守義連辯解的勇氣都沒有了，只能在一旁連連點頭。

趙老又傾心傳授了孫守義今後要怎麼去跟金達打交道的心得，他的意思很簡單，那就是讓孫守義儘量不要去摻和金達的事，當上市長之後，要想辦法多下去做調研，少留在金達身邊，避免跟金達衝突。

說到這裏，趙老突然問道：「小孫，你去海川這麼久了，有沒有走遍海川市的各個鄉鎮啊？」

孫守義汗顏地搖了搖頭，海川市雖然不大，但是孫守義並沒有走遍下面的鄉鎮，甚至一半都沒走過。

趙老用責備的口氣說：「小孫，要你下到地方，就是想讓你增加基層工作的閱歷，你應該多利用這個大好的機會，以便將來回北京時能夠成爲有用的人才。你倒好，成天淨想些誰針對你這些沒用的事情，根本是本末倒置。」

孫守義認錯說：「您教訓的是，回去之後，我馬上就開始安排下去調研。」

趙老又說：「中央安排你們這些幹部下去，是對你們有著很大的期望，你要多做基礎的工作，少去跟那些地方上的官員勾心鬥角。你的工作做紮實了，中央自然會看到的，這對你可是有好處的。」

孫守義說：「我知道了，老爺子。」

這時，趙老看沈佳剛好走開不在旁邊，便問道：「小孫啊，你最近跟小佳關係怎麼樣啊？」

孫守義沒當回事的說：「挺好的啊。」

趙老用審視的眼光看著孫守義說：「真的嗎？」

孫守義有點心虛，但還是裝作理直氣壯的樣子說：「當然是真的啦，老爺子，我跟小佳挺好的啊。」

趙老正色說：「最好是這樣子，小佳是你的結髮妻子，雖然不是多漂亮，但這是你自己的選擇，你既然選擇跟她長相廝守，你們的命運就已經緊緊的綁在一起了，她才是你真正應該珍惜的人。你是做大事的人，可不要在這方面再犯糊塗啊。」

孫守義越發的心虛了，不知道趙老是不是聽到了劉麗華的事，否則趙老不會無的放矢的，他說這些話絕對不是泛泛的警告。就試探的問道：「老爺子，您這麼說是不是我做錯了什麼啊？」

趙老反問道：「你有做錯嗎？」

孫守義趕忙躲過趙老審視的眼神，搖搖頭說：「沒有，我沒做錯什麼。」

趙老說：「我不知道事情是真是假，但是東海省人事部門這次在考察你的時候，收到了關於你跟原來在市政府的一個女人關係曖昧的舉報信，由於這封信沒有具名，人事部門也沒發現什麼真憑實據，就沒當回事，沒有影響到對你的考察結果。小孫，我不想問你這件事情到底是有沒有，我只想提醒你，你要知道你究竟想要的是什麼，不要被美色所迷惑了，更不要傷害那些真正對你好的人。」

聽到這裏，孫守義後背上的汗都下來了，這恐怕才是這次趙老讓他回來的真正原因。趙老是老狐狸了，那封舉報信的事瞞得了別人，可瞞不了他。他今天的這番談話，就有敲打自己的意味在了。

此外，孫守義也暗自心驚，竟然有人在他考察的關鍵時期發黑信，想要影響他的考察，真是用心險惡啊。幸好他早就協調好各方利益，做好事前的準備了，不然的話，很難說就沒人會拿這個大做文章的。

不過，無論如何還是不能承認有外遇這件事，孫守義便矢口否認說：「老爺子，這是沒有的事，一定是有人不想讓我做這個市長，所以才會這麼陷害我。」

趙老頗有深意地看了孫守義一眼，說：「沒有是最好。官場就是這樣子，不被人嫉是庸才，肯定是有人想跟你爭這個市長，早就盯著你了。你一個人在海川，行爲給我謹慎一點。」

孫守義點點頭說：「我知道，老爺子。」

這時沈佳回來了，笑說：「老爺子，您又教訓他什麼了？」

趙老笑笑說：「我沒教訓他什麼，小孫是能獨當一面的人，什麼事情自己心裏有數的。」

孫守義趕忙說：「老爺子，您可別這麼說，我的經驗還很不足，還需要您多提點我。」

沈佳也幫腔說：「是啊，老爺子，守義他還嫩，需要您多指點他。」

趙老意有所指地說：「怎麼應對我已經跟小孫講了，他應該知道自己要怎麼做的。」

沈佳回頭看了孫守義一眼，孫守義趕忙說：「是啊，老爺子教我怎麼做了，他讓我多下基層去看看，瞭解基層的實際狀況。」

沈佳聽了說：「既然這樣，那你就按照老爺子的吩咐去辦吧。」

趙老說：「你這次回來別急著回去了，在家裏多陪陪小佳，以後做了市長會更忙的，恐怕能陪她的時間就更少了。」

孫守義不敢有所違拗，雖然他覺得趙老已經把要注意的事都交代完了，他可以回海川去了，便說：「行，我就聽老爺子的，在家多住幾天。」

答應很容易，但真的留下來後，孫守義又有些受不了了，他畢竟還沒有修煉到趙老那種對什麼都能不動聲色的境界。他留在家中想的都是海川會發生什麼狀況，根本就坐不住。

住了兩天之後，沈佳也看出孫守義在家裏待不住，便說：「守義，你要是想回海川去的話就回去吧，不要因為答應了老爺子，就勉強自己留在家裏。」

孫守義違心地說：「我沒想回去啊，我還想多留在家中陪陪你和孩子呢。」

沈佳笑了笑說：「別口不應心了，你當我沒看出你那個坐立不安的樣子啊？你的心估計早飛去海川了。」

孫守義笑說：「哎，我還是不行，雖然知道不會有什麼事，但是心總是落不了地，還是做不到老爺子說的淡定啊。」

沈佳笑說：「這也很正常啊，你哪有老爺子那種火候啊，大多數人遇到這種事，都會跟你一樣的反應的。行了，明天你就回去吧。」

孫守義感激的看了看沈佳，沈佳雖然是醜了點，但是在事業上絕對是他的賢內助，便說：「小佳，謝謝你的諒解，那我明天就回海川了。」

沈佳溫柔地說：「老夫老妻的了，謝什麼啊。不過，你回去後，可要按照老爺子跟你說的，多下基層看看，儘量少去招惹金達，明白嗎？」

孫守義點點頭說：「這你放心，老爺子交代我的事，我什麼時候都是認真去辦的。」

第二天，孫守義就飛回了海川。

回到海川，孫守義便藉口要去看看農業部在海川的推廣項目進展如何，跟金達打了聲招呼之後，就下鄉調研去了。

鄉鎮相對於市區，很多事情都要簡單許多，農民也沒官員們那麼多心機，這讓孫守義感到十分輕鬆自在。鄉村的空氣也好，加上四處奔波是件很累人的體力活，晚上一挨到床上他就睡著了，竟然難得的把爭取市長寶座的事擱置腦後，孫守義發現趙老給他的這個建議還真是很有用。

而金達這邊就沒這麼自在了，他為了舊城改造項目融資的事找四大行庫的行長溝通了幾次，四大行庫的行長都是一副苦哈哈的臉，說上面現在對資金的發放控制的很嚴，加上國家正嚴格進行調控，對房地產發放貸款更是諸多管控，所以他們也是愛莫能助。

金達本以為他這個市委書記親自出面，四大行的行長總要給他幾分薄面，哪想協調了半天，銀行就是不肯鬆口答應幫忙。

說實在，這也是平常金達很少跟四大行庫的行長交際往來的原故，以前都是下面的副市長去做協調溝通的事，他很少參與。現在是因爲他對孫守義有了看法，不願意讓孫守義出面，這才親上前線，哪想到居然會碰了一鼻子灰。

金達很惱火，覺得掃了他市委書記的面子，不過現在銀行都是直管單位，地方政府對他們的約束力很低，無法通過行政命令來強迫他們非給舊城改造項目貸款不可。金達一時之間也沒有辦法了。

可是他也不能讓丁益的公司停工，這是他負責的項目，如果停工，對他的影響也不好。這時金達就又想起孫守義了，孫守義處理起這類棘手的事情向來比他有辦法，他就打給了孫守義。

金達訴苦說：「四大行庫始終不肯鬆口答應貸款的事，搞得我焦頭爛額的，老孫啊，你趕緊回來吧，我們好商量一下，看要怎麼解決這個問題。」

孫守義就趕回了市區，直接去金達的辦公室。

金達講了他跟四大行庫溝通的情形，皺著眉頭說：「老孫啊，你說這件事情怎麼辦呢，這些行長們真是一點情面都不給我們海川市啊。」

孫守義聽了，笑說：「書記啊，您這件事辦的方法有點不對，您對他們太客氣了。」

金達不解地說：「我對他們太客氣了?你的意思是?」

孫守義說：「這些行長們說的理由都很正當，你好聲好氣的跟他們商量，他們自然是要推三阻四了。」

金達好奇地說：「那要怎麼解決啊？」

孫守義說：「你就直接下貸款額度給他們就好了。這些銀行都是在地企業，很多地方需要我們海川市政府幫忙，我就不信他們敢一點面子都不給我們。」

金達懷疑地說：「這樣好嗎？」

孫守義笑笑說：「您如果覺得出面不合適的話，我來開這個會好了。」

金達想了想，如果這件事讓孫守義辦成了，他這個市委書記就會被人看做很沒有能力，這可有損他的威信，於是說道：「還是我來吧。」

於是金達召集了四大銀行的行長來開會，直接告訴四大銀行行長需要貸款的額度，然後說：「我們需要的不多，你們批不批隨便吧，我個人是希望你們能夠鼎力相助的。這麼說吧，如果你們批准了，我金達會很感激，如果哪一家不批，只能說他對我們海川市沒什麼情義，海川市委市政府對此也就心中有數了。」

四大行庫的行長們面面相覷，金達雖然並沒有明講不批的嚴重後果，但是話裏的意味卻比講明了更具威脅性，他們都是在海川發展的企業，如果當地的市委市政府對他們有了看法，他們的發展肯定無法順利，行長們只好妥協，答應會按照金達的要求貸款。

金達不禁有些哭笑不得，這些傢伙還真是吃硬不吃軟啊，當初他好話說盡，這些人就是不肯鬆口。現在他強硬起來，他們反倒妥協了。

不過，這並不代表問題就全部解決了，四大行庫雖然給了貸款，讓舊城改造項目不至於停工，但是他們也跟金達和丁益強調這是一次特殊的安排，可一不可再，他們為此已經遭到上級的批評。下次，他們就算得罪金達，也不會再發放貸款了。這就堵死了丁益和伍權以後想再從銀行融資的可能。

此外，金達為了讓四大行庫的行長接受，提出的貸款額度要求並不高，僅僅能夠讓丁益和伍權解解燃眉之急罷了，後續的資金仍然得要丁益和伍權自己想辦法解決。如果他們仍然解決不了的話，金達就要準備向他們追究違約責任，解除合約，另行發包了。

孫守義期盼的任命終於下來了，他被任命為海川市委副書記、代市長，等了這麼久，終於等來他想要的東西，孫守義的心中反而有點茫然，沒那麼激動了。

很多人給他打來祝賀電話，其中當然也包括劉麗華。劉麗華興奮地說：「晚上過來吧，我為你準備了最好的慶祝禮物。」

這一刻孫守義倒沒失去理智，他本能的覺得在他剛成為代市長的這一晚，偷跑出去跟劉麗華幽會總有點不妥當的感覺。就笑笑說：「麗華，改天吧，我今晚肯定會應酬到很晚的。」

劉麗華卻不肯，撒嬌說：「不嘛，人家希望在你最高興的時候跟你在一起，今晚你一定要來啊，不管多晚我都會等你的，我會把自己洗得香香的等你哦。」

孫守義不禁心神蕩漾起來，這段時間他因為爭取市長寶座的緣故，跟劉麗華暫時中斷往來，因而好一段時間沒去劉麗華那裏跟她廝混，現在聽劉麗華誘惑他，難免有些血脈賁張，於是語帶保留地說：「我儘量爭取吧，如果喝多了，那我就不過去了。」

劉麗華嬌嗔說：「那你就不能少喝一點嗎？我已經很久沒見到你了，想死你啦。」

孫守義笑了笑說：「行，我儘量吧。」

晚上，海川大酒店。

海川市四大班子的主要領導都參加了孫守義的慶祝酒宴，由金達主持酒宴。席間，孫守義春風得意，對敬酒來者不拒。

不過，有得意的，就有失意的，市委副書記于捷雖然表面上沒什麼異常，心裏卻是很失落。

于捷這次也加入了市長寶座的角逐，他也找了不少領導，費了不少力氣運作，可惜他並沒有像孫守義的後臺背景雄厚，終究還是失敗了。

酒宴結束後，不知道是不是心情好的緣故，孫守義喝了很多酒卻沒有醉倒，反而被酒精刺激的興奮起來，特別是身體某個部分脹得難受，很想找個管道發洩一下。

酒精也讓孫守義的警惕性放鬆了許多，忘記了已經有人告黑函的事了，這一刻他迫切地想要去劉麗華那裏，看看劉麗華爲他準備了什麼樣的慶祝禮物。

孫守義就打了電話給劉麗華，「你還沒睡嗎？」

劉麗華說：「我當然沒睡了，在等你過來呢。」

孫守義說：「行，我一會兒就過去。」

孫守義就偷偷跑去劉麗華那裏，開門之後，屋裏黑漆漆的，孫守義愣了一下，心裏有點慌亂，低聲問道：「小劉，你在嗎？」

劉麗華在黑暗中說：「笨蛋，我當然在啦，開燈你就會看見我了。」

孫守義摸到了電燈開關，開了燈，只見劉麗華身上什麼都沒穿，只在脖子上繫了一條紅絲巾，站在他的面前。

孫守義還是第一次看到劉麗華這個樣子，一個年輕誘人的胴體，是那麼的妖媚，那麼的讓人心馳神搖，他的血液立即直衝上大腦。

劉麗華嫵媚地說：「這就是我給你準備的禮物，喜歡嗎？」

孫守義一把將劉麗華抱進懷裏，動情地說：「喜歡，太喜歡了。」

劉麗華笑說：「別急嘛，今天你是我的主人，我是你的女僕，你要我怎麼伺候你都可以。先放開我，讓我伺候您寬衣洗澡。」

孫守義笑了，鬆開劉麗華，劉麗華替他脫掉了衣服，一起進了浴室。劉麗華用嬌嫩的玉手為孫守義塗上沐浴乳，隨著玉手的遊走，孫守義渾身肌膚開始發燙，幾乎要忍不住了。

劉麗華對孫守義的挑逗卻沒有到此為止，她故意用手去觸摸著孫守義的敏感部位，讓孫守義更加有反應起來，接著又低下頭去親吻著孫守義全身上下，孫守義這時候再也等不及了，就在蓮蓬頭的水流沖擊下，與劉麗華激戰起來。

這一晚，兩人幾近癲狂，從浴室一直折騰到床上，玩遍了他們能想到的一切花樣，直到兩人都沒有了力氣，這才渾身癱軟昏睡過去。

也不知道過去多長時間，猛地一陣電話鈴聲，孫守義一下子被驚醒。

身為官員，這也算是基本功之一了，不管多累、睡得多沉，只要電話一響，馬上就會驚醒，尤其是在深夜時分，往往都是發生突發事件，別人才會打電話來的。

孫守義在黑暗中摸到電話，金達急促的聲音傳了過來，問道：「老孫，你在哪裡啊？我怎麼敲你的門你不在家啊？」

孫守義腦子裏噌地一下驚醒起來，金達半夜三更打電話來問他在哪裡是想幹什麼啊？

不會是發現了他跟劉麗華幽會，準備捉姦在床吧？

孫守義腦中迅速的想好了應對的說詞，回說：「我在外面，喝多了酒睡不著，就出來走走。有什麼事嗎？」

孫守義這個解釋倒也合情合理，金達沒再多問什麼，便說道：「你趕緊回來吧，我剛剛得到消息，『紅豔后』酒吧起火發生爆炸，酒吧裏人很多，現場情況十分混亂，可能有人傷亡。」

「什麼?!」孫守義驚叫一聲，手機差一點沒掉下去，趕忙追問道：「書記，您沒搞錯吧?怎麼會起火的呢？」

金達說：「具體情形我也不清楚，我正往現場趕呢，你也趕緊過來吧。」

孫守義這時不敢遲疑，立即說：「行，我馬上就過去。」

孫守義趕緊爬起來找衣服穿，劉麗華被吵醒了，搞不清狀況的說：「守義啊，你這是要幹什麼啊？」

孫守義說：「出大事了，『紅豔后』酒吧起火了，我必須馬上趕過去看看。」

劉麗華也嚇了一跳，擔心的問：「你去會不會危險啊？」

孫守義急急地說：「危險也得去啊，誰叫我是市長呢！我沒時間跟你說話了，金達還在那邊等著我呢。」

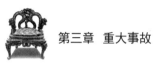

孫守義匆忙穿好衣服，衝出劉麗華的住處，招手攔了輛計程車，直奔「紅豔后」酒吧。

還好酒吧離劉麗華的房子不遠，很快，孫守義就看到了「紅豔后」酒吧，只見酒吧冒出熊熊大火，火勢凶猛，現場已經有幾輛消防車在救火，然而火勢還沒有得到控制，濃煙籠罩了這片區域。

孫守義的心揪緊了，火勢這麼凶猛，傷亡狀況一定很慘重，想不到他這個代市長剛當上還不到一天，就遇到這麼大一場事故，老天爺真是會跟他開玩笑啊。

不過，這時候孫守義已經沒心思去想他可能要擔上的責任問題了，目前最重要的，還是趕緊把火熄滅，趕緊救人才是當務之急。

孫守義下了車，公安局長姜非趕緊迎了過來。金達因為距離較遠，還沒有趕到。

孫守義急忙問道：「姜局長，火怎麼還沒撲滅啊？」

姜非回說：「這是因為酒吧使用大量的塑膠材質裝潢，一旦碰上火源，火勢就一發不可收拾，好在火勢現在已經被控制住了。」

孫守義又問：「知不知道裏面還有多少人？」

姜非的眉頭皺了起來，說：「這家酒吧是海川著名的酒吧，每天晚上都很熱鬧，客人很多，估計至少還有幾十個人被困在裏面。」

「幾十個人？」孫守義驚叫一聲，心不斷往下沉著，看到火勢這麼猛烈，這時候還沒被救出來的人肯定是凶多吉少了。這種傷亡慘重的重大事故，他這個代市長將難逃其責。於是他急急追問道：「究竟是多少？有沒有具體數字？」

姜非搖搖頭，說：「現在很難說啊，火勢太大了，消防員衝不進去，所以不清楚究竟酒吧裏面還有多少人，好在已經有不少人被救了出來，想來剩下的應該不會太多了吧。」

這時，金達也趕到了，看著孫守義急問道：「老孫，裏面什麼情況？」

孫守義苦笑著說：「情況很糟，估計至少還有幾十個人沒有被救出來。」

金達臉色一下凝重起來，皺著眉說：「有這麼多啊？」

孫守義重覆了一遍姜非剛才報告的情形，說：「火勢很猛，消防員衝不進去，所以很多人沒救出來。書記，您看是不是先跟省裏彙報一下？」

以眼下的形勢來看，這場火災將被列爲重大事故，按照規定，是要逐級上報的。

金達點點頭，這麼大的事故想不讓省裏知道也是不可能的，就撥通了呂紀的電話，跟呂紀彙報了「紅豔后」酒吧大火的事。

呂紀十分重視，聽完後嚴肅的說：「金達同志，你要盡力保護現場人民的生命安全，力爭把損失降到最低。省裏馬上會安排人員下去海川。有什麼最新情況及時跟我彙報，這件事情我得上報中央，你千萬不能有什麼隱瞞的，知道嗎？」

金達趕忙說：「知道，我一定盡力救人。」

在好幾輛消防車的水槍一起作用下，火勢終於變小了，又過了十幾分鐘，大火徹底被撲滅，消防員和員警衝進去清理現場。很快，一具具被燒得發黑的屍體被抬了出來。

隨著屍體數量的增多，金達和孫守義的臉色變得越來越難看。事故的慘烈完全超出了他們的預期，他們從來沒見過一下子死這麼多人的場面。孫守義還鎮靜些，金達的手卻因為緊張都有些發抖了。

孫守義看到金達的手發著抖，趕緊去握住金達的手，此刻，前段時間他對金達種種的不滿都被擱置腦後了，他和金達現在是同一條船上的人了，除了共同面對眼前這個慘烈的局面，兩人別無其他的選擇。

金達回頭看了看孫守義，痛心地說：「老孫啊，我的心裏堵得慌，一下子死了這麼多市民，我這個市委書記怎麼跟他們的家人交代啊？」

孫守義用力地握了握金達的手，力圖鎮定地說：「書記，您不要這麼自責，現在也不是我們自責的時候，還是趕緊處理善後吧。」

金達被孫守義的話提醒了，馬上想到了當下需要趕緊處理的事情，就衝著姜非喊道：「姜局長，你馬上派人把酒吧的老闆給抓起來。」

姜非是很有經驗的刑警，回答說：「書記，我們已經把酒吧老闆扣押了。」

最後，火災現場被清理出三十一具屍體，屍體都被燒得面目全非，慘不忍睹的並排擺在酒吧門前。這時四面湧上一大批人，想要來辨認屍體當中有沒有自己的親人。

但是屍體被燒得是一塌糊塗，想要憑肉眼來辨識，十分困難，有不祥預感的親屬們不禁圍著屍體嚎啕大哭起來。

金達和孫守義站在一旁等待著家屬前來認屍，哭聲聽在兩人耳裏，更加感覺難受，可是也不知道該如何勸慰這些人。兩人默默的走進酒吧，看到酒吧裏的傢俱和設備已經被燒得精光，只剩下一地殘骸和火燒後的難聞味道。

經過警方的調查，事故原因很快查明了，起因是一群年輕人在酒吧過生日，有人放煙火助興，火花不慎點燃塑膠材質的天花板，最終導致大火。

海川市其他領導也陸續趕來，金達便在現場召開了一個緊急會議，商量事故的善後事宜。

金達和孫守義隨後趕去醫院看望傷患，並指示醫院要不惜任何代價，盡一切力量救治傷患，不能再有任何閃失。

幾個小時後，天色大亮，省長鄧子峰從齊州趕來海川。他先到酒吧視察現場，然後也去醫院慰問了傷患，這才跟著金達去了海川市市委。

在市委會議室裏，金達向他彙報了這場事故的調查結果。

聽完彙報，鄧子峰做出指示道：

「對於這次重大事故，省裏已經向中央相關部門作了彙報，中央對此次事件十分重視，呂書記讓我來瞭解相關情況。我現在看了現場，也聽了你們的報告，對事故情形大體上已經瞭解了。這次事故的嚴重程度遠超出省委原先的預計，我需要趕緊回去跟省委彙報，由省委研究如何處理這件事。在省裏還沒有得出處理決定前，金達同志、守義同志，你們首先要處理好善後事宜，要求醫院要盡力救治受傷人員，費用就由海川市財政先行墊付。至於死亡的人，爲了安撫家屬情緒，海川市會先按照相關標準加以賠償。賠償金等確定事故的責任人再來追討。」

金達重重地點點頭說：「省長放心，我們一定按照您的指示，嚴格把善後事宜處理好。」

鄧子峰就匆忙趕回齊州，去跟呂紀彙報去了。

鄧子峰走後，海川市所有領導都放下手頭的工作，立即啓動危機處理的標準流程，忙裏忙外，一刻不敢停歇，到把所有家屬都安撫完，已經是凌晨三點多了。

金達和孫守義都是一臉的倦容，尤其是孫守義，他昨晚跟劉麗華瘋狂了大半夜，還沒休息過來，就被叫來事故現場，現在渾身就像要虛脫了一樣的疲憊。

金達說：「老孫，我們總算是把家屬都安撫住了。」

孫守義苦笑了一下，這並沒有讓他感到絲毫的輕鬆，現在更麻煩的是事故責任的承擔問題。估計金達跟他一樣，橫在心頭驅之不去的一個重擔都是省委將會如何懲處他們。這種重大的安全事故，如果不開罰幾個領導幹部，省委將很難向社會大眾交代。現在的關鍵就是責任的歸屬問題，省委會追究到哪一個層級的領導。但無論如何，市長都是難辭其咎的。

而他們分別是海川前後任的市長，又發生在他們職務交接的當晚，似乎兩人都難逃責任的認定。

孫守義覺得自己實在有些倒楣，他費盡心機好不容易爭取到了代市長的任命，才一天，屁股還沒坐熱呢，就發生這麼大的事故，死了這麼多人，搞不好這個代市長就要被撤職，到手的鴨子搞不好就要飛走了。

孫守義的頭越發大了，忙累一天，他的腦子目前是一團漿糊，不敢再想下去，現在他最渴望的就是回家好好睡一覺，有什麼煩人的事等睡醒了再說。

於是孫守義對金達說：「是啊，書記，大家也都累壞了，是不是我們先回去休息一下？有什麼事情明天再說。」

金達點點頭，他也疲憊至極，眼睛都有點睜不開了，便說道：「好吧，大家先回去休息吧。」

於是大夥兒各自回去休息。孫守義連澡都沒洗，回去直接就上床倒頭大睡，一直到他的手機鈴聲響起才醒過來。

孫守義睜開眼睛，看看天已經亮了，拿起手機看看號碼，居然是趙老的電話，他猜到肯定是趙老知道了海川發生火災的事才打來關心的。

孫守義趕忙接通電話，「老爺子，您這麼早打電話來，是不是爲了火災的事啊？」

趙老擔心地說：「是啊，怎麼回事啊，怎麼會發生這麼大的事故啊？」

孫守義說：「有人在酒吧放煙火，不慎引燃了天花板，偏偏酒吧爲了省錢，採用違規的裝潢材料，才釀成這次事故。」

趙老痛批說：「這消防部門是吃乾飯的啊，怎麼會允許他們這麼做呢！這可是很大的失職，你們市政府對此難以推卸責任。」

「是啊，老爺子，我也覺得市政府這次難辭其咎。哎，我真夠倒楣的，剛代理上市長就出這樣的事。這些違規問題，金達做市長的時候就存在了，但是他運氣好，在他任上沒事，偏偏在我做代市長的時候就出事。」孫守義不禁抱怨說。

趙老勸說：「不要去怨天尤人，現在事情已經發生了，還是想想怎麼善後才是。」

孫守義擔憂地說：「老爺子，您說這對我的代市長轉正會不會有影響啊？東海省委會不會就此撤了我的職，好向社會大眾交代？」

趙老想了想說：「應該不會吧，你做代市長才一天，就算要追究責任，怎麼都無法追到你身上去的。東海省如果因爲這個撤你的職，一定會難以服眾的。」

孫守義又問：「老爺子，我第一次遇到這種情況，不知道該如何處理才好。您說，我需不需要先有個態度出來？比方說主動提出辭職之類的，以顯示我是有擔當的。」

趙老連忙制止說：「小孫，你可千萬別這樣做。主動辭職是一種很傻的舉動，表面上看，好像你是勇於負責，但實際上，這樣會讓東海省委很被動的。」

孫守義不解地說：「老爺子，我如果主動辭職，東海省委就有承擔責任的人了，他們應該高興才對，怎麼會被動呢？」

趙老說：「你的想法真是太天真了，如果那麼簡單就好了。現在死了這麼多人，社會輿論憤慨，認爲官方存在很大的過失，甚至會把問題歸咎於官員的腐化上。現在社會大眾對官員的觀感已經差到了極點。你如果只是爲了表明某種姿態就提出辭職，肯定會搬起石頭砸自己的腳的。因爲東海省委如果不准許你辭職，大眾就會認爲是在官官相護，迫於這種壓力，東海省委不得不接受你的辭職。你辭職後再想東山再起，可就不是一時半會兒的事了。所以除非無路可走，千萬不要選擇主動辭職這條路，得不償失啊。」

趙老接著又說：「你現在只有堅守下去，再說，你如果真的主動辭職，那讓金達怎麼辦啊？他是不是也該跟進辭職呢？這樣子，東海政壇的領導們會更難辦的。」

孫守義想想也是，他如果辭職，金達也無法獨善其身，這將會給東海政壇造成一連串的震動，金達是呂紀一手扶上海川市委書記寶座的，對此肯定不會感到高興。另一方面，自己則是鄧子峰將他捧上市長寶座的，如果他主動請辭，鄧子峰安排他做市長的規劃就落空了。

孫守義領悟說：「我明白了，老爺子，我不會再自作聰明了。」

趙老又問：「你們市政府針對這次重大事故，有做出過什麼安排嗎？」

孫守義回說：「沒有，除了善後事宜，別的都沒做。老爺子，你想我們做什麼啊？」

趙老教訓說：「做什麼還用我說？你們應該馬上展開一次娛樂行業的消防安全大檢查，你想想，如果這時候再發生一次類似的事故，你這個市長恐怕真的是不用做了。」

孫守義恍然大悟說：「啊，昨天我真是忙糊塗了，怎麼沒想到這個呢？一會兒我馬上跟金達商量，要求相關部門儘快進行一次大檢查，避免再有類似安全隱患的存在。」

趙老又語重心長地說：「小孫，你要記住一點，發生這種重大事故固然不好，但是危機對你正是一種考驗，它考驗你應對處理突發事件的能力，處理得好的話，不但不會減分，反而會讓上級領導認爲你有能力解決一切問題，所以才有人說危機等於轉機。你好好做吧，我相信你有能力迎刃而解的。」

聽完趙老打氣的話，孫守義彷彿又生出了無比信心。

早上一上班，孫守義就直接去找金達。

呆坐在辦公室裏的金達看上去很糟糕，臉色黯沉，眼圈發黑，神情焦躁不安，一看就是昨晚沒能睡好。

金達看到孫守義，便說：「老孫，找我有事啊？」

孫守義建議說：「是這樣的書記，我昨晚回去想了想，雖然『紅豔后』酒吧的事故暫時告一個段落，但是並不代表沒有其他類似像『紅豔后』酒吧這樣有安全隱患的公共場所，我看我們是不是來一次娛樂場所消防安全大檢查，好避免再發生類似的事？」

金達聽了，覺得很有道理，便點點頭說：「老孫，還是你想的全面，的確是應該進行一次全面的消防安全檢查，而且不僅限於娛樂場所，全市容易發生火災的場所都要進行檢查。這次事故我們付出的代價太大了，決不能允許再發生這種事。老孫啊，那你趕緊行動，去部署實施這次檢查吧。」

孫守義卻說：「書記，還是我們一起部署這次大檢查吧。我認爲市委市政府聯合進行這次大檢查比較好，也顯得我們對這件事的重視。」

金達明白孫守義這個建議是在爲他著想，這是在向省委表明他們兩人都有在積極地處理「紅豔后」酒吧的火災事件，便感激地說：「老孫，謝謝啦。」

孫守義說：「這時候您就不要客氣了，我們現在是同坐一條船，必須攜手合作，才能共度難關。」

金達心裏有些羞愧的感覺，他沒想到孫守義竟然這麼大度，前幾天他還因爲束濤的關係對孫守義一肚子意見，孫守義在這個關鍵時刻卻沒忘記拉他一把，金達心說以後他一定要好好跟孫守義合作，千萬不要再因爲一些小事對他心生嫌隙了。

於是兩人就一起主持召開了全市消防安檢的會議。會議結束後，一場大規模的安檢行動就立即在海川市展開，娛樂行業是這次的重點檢查對象，業者各個被查得叫苦連天。

第四章

紅顏知己

傅華明白這個地方是他偶爾可以來休息的客棧，他可以在這裏完全的放鬆，也許保持這種若即若離的關係更適合他們，他可以來這裏尋求安慰和支持。能有這樣一個紅顏知己，傅華已經大感幸運了。

與此同時，省委也召開了緊急會議，研究海川這次的火災事故。孟副省長首先指出海川市發生這麼大的事故，震驚全國，說明海川市市政府對消防安全的管理存在著極大疏失，海川市府的主要領導同志難辭其咎，必須要為此承擔責任。

聽孟副省長這麼說，呂紀和鄧子峰的臉色都變得十分難看。這次事故發生的時間點十分微妙，金達剛卸任海川市市長，而孫守義代理市長還不到一天。孟副省長雖然沒點名，暗中卻有要金達和孫守義對這次事故承擔責任的意思。

但是兩人又不能說孟副省長說得不對，這次事故，確實突顯了海川市政府存在著一定的管理疏失。加上一下子死了三十多人，東海省委如果不找一個相當層級的幹部出來承擔責任，對各方面來說，尤其是在事故中死傷的受害者更是交代不過去。

然而，現在的問題是事故責任要追究到什麼層級？

呂紀和鄧子峰心裏都很清楚，這次事故情節重大，責任承擔者最低也要到副市級的層級才行。不過這一次海川的情形卻很不同。代市長孫守義才剛接任一天就發生事故，把責任追究在他身上顯然不合適，那樣，就要追究到前任市長金達身上了。

但這也是呂紀不能接受的，而且金達新接任海川市市委書記，這個時候處分他，也不利於海川市領導班子的穩定。

呂紀是想保住金達，但是話由他來說又不太合適，他便瞅了一眼鄧子峰，示意讓鄧子峰出面講話。鄧子峰馬上領會到了呂紀的意思，就清了一下嗓子，說：

「我來說兩句吧，這次『紅豔后』酒吧造成了極大的財產和生命損失，是一定要對負責的領導幹部追責才行的。我同意孟副省長的意見，海川市分管安全的副市長確實存在管理上的疏失，因此我建議省委給予該同志嚴肅處分，可以考慮予以撤職，好對海川市這次火災的死難者有所交代。」

呂紀心裏暗讚一聲高明，鄧子峰不愧是政治上的高手啊，他抓住了孟副省長並沒有具體指出是哪個領導應該負責的這個漏洞，直接點明該被懲處的是負責安全的副市長，還把這個「壞人」栽在了孟副省長身上，好像是孟副省長要處分分管安全的副市長的，四兩撥千斤的化解了孟副省長針對金達和孫守義的出招。

呂紀知道這時候絕不能再給孟副省長什麼解釋的機會，免得他又把矛頭指向孫守義和金達，因此鄧子峰一說完，呂紀馬上就接著說：「我跟你的意見一致，也認可老孟說的，一定要追究分管安全的副市長的責任。我提議就對該同志予以撤職處分，大家討論一下，是不是可行？」

其他與會的領導都不是傻瓜，自然曉得兩人的意圖，於是一致通過了這個決定。

孟副省長心裏氣得要命，他原本還期望他的發難會引發一場爭執呢，沒想到被鄧子峰抓住了語病，根本就沒給他機會提到金達或者孫守義的名字，把他努力製造的良機化成流水，更讓兩人逃過了一劫，只能大呼可惜。

會議最終討論的結果，是將負責分管安全的副市長予以撤職處分，其他的領導同志不予追究。相關的處理意見會向中央有關部門彙報，等有關部們批准後實施。

孟副省長對這個決定十分不滿，臉色因此十分的難看。

而呂紀和鄧子峰達到了他們的目的，維護了各自想要維護的人，兩人互看了對方一眼，嘴角分別閃過一絲會心的微笑。

政治上的博弈就是這樣，沒有永遠的敵人或者朋友，有的只是共同的利益。呂紀和鄧子峰雖然暗地裏也在勾心鬥角，但是在「紅豔后」大火這件事情上，他們的利益是一致的，因此聯手挫敗了孟副省長的不良企圖。

中央相關部門很快就同意東海省上報的火災事故處理意見，並將處理意見公佈於眾。金達和孫守義驚險地度過這次危機，兩人又恢復了和諧的關係，甚至比之前在市政府時期相處的還要融洽。

北京，週六，鄭老家中。

傅華和鄭莉帶著傅瑾一起來看鄭老夫妻。在鄭老夫妻面前，傅華和鄭莉有說有笑，一副十分親密的樣子。

鄭老看到這個情形十分的高興，對鄭莉說：「小莉，你看吧，你和傅華現在這樣子多好，一家三口其樂融融的。」

鄭莉笑了笑說：「還不是因爲爺爺您偏幫傅華，要不然我才不原諒他呢。」

鄭老說：「什麼叫我偏幫傅華啊，我那是幫你，女人要家庭和美才幸福。傅華啊，我可告訴你啊，小莉能給你這次機會不容易，你要知道珍惜，今後要好好對她，可不准再那樣子了。」

傅華心裏暗自苦笑，他是啞巴吃黃連有苦說不出，明明兩人關係仍是冰點，卻不得不裝出一對模範夫妻的樣子來。他無奈地點點頭說：「爺爺，我受一次教訓就足夠了，哪還敢再犯呢？」

這場假面夫妻的戲碼一直持續到吃晚飯之後才結束，晚飯後，一家三口出了鄭老的家。車子一開出鄭老家，鄭莉臉上的笑容馬上就沒有了，頭也轉向一邊，不再搭理傅華。

這種落差也太過明顯了，傅華非常不滿，埋怨說：「小莉，你需要對我這個樣子嗎？就算我犯了不可饒恕的錯誤，我剛才也辛苦配合你去哄爺爺開心了，你就不能對我態度好一點嗎？」

鄭莉卻瞪了傅華一眼，說：「傅華，你不要說得那麼好聽，什麼配合我，要不是你讓爺爺逼我回來，我哪需要演這樣虛僞的戲啊？你知不知道剛才在爺爺那裏，你的身體碰觸到我的皮膚，我都有一種噁心的感覺，反感死了，只是因爲在爺爺面前我才強忍下去的。」

傅華的心徹底涼到谷底，鄭莉連被他碰一下都感到噁心，說明鄭莉對他厭惡到了極點。他原本還指望能藉由傅瑾讓鄭莉軟化的，看這樣子，根本就不可能。這個女人，愛他的時候那麼熱情，恨他的時候卻也這麼徹底，怎麼可以這麼絕情呢。

傅華有一種無力的感覺，知道他的無賴計畫算是宣告失敗了。他不再說話，也不去看鄭莉，眼睛盯著前面，專心的開車。

回到家，傅華幫鄭莉把傅瑾送上去後，就轉身離開了家，這一刻，他很想找個地方大喝一場。而鄭莉對他的舉動根本就不在意，連他要去哪裡都沒問，抱著孩子就進了臥室。

出門後，傅華把電話撥給謝紫閔，他想找謝紫閔陪他喝酒，就說：「紫閔，我現在想喝酒，你願不願意出來陪我？」

謝紫閔遲疑了一下。她從海川回來後，就沒再跟傅華聯繫，雖然她仍沒忘懷傅華，但是既然傅華的心思都放在鄭莉身上，她覺得她不該再參與到他們夫妻之中去，只能理智的淡出傅華的生活。

因此她心中雖想答應傅華的邀請，嘴上卻說：「我剛開了一瓶紅酒，正醒著呢，不太想出去。」

傅華沒想到會被謝紫閔拒絕，沮喪地說：「那算了，我自己找地方喝吧。」

謝紫閔聽出傅華的語氣充滿了失落，猜想傅華一定是因為鄭莉又心情不好才找她喝酒的，心中有點不忍，便問道：「要不你過來我這裏吧，我們一起喝，只是不知道你敢不敢來啊？」

傅華因為有跟鄭莉和好的可能，就與謝紫閔疏遠了很多，但是此刻他被鄭莉傷透了心，也就不想去顧忌那麼多了，說道：「有什麼不敢的，你等我，我馬上就過去。」

謝紫閔開門，看到傅華一臉的頹色，取笑說：「看你臉色這麼差，是不是又在鄭莉那裏碰了一鼻子灰啊？」

傅華嘆說：「是啊，你的耍賴招數根本就不管用，我怎麼賴皮都沒用。雖然我們住在一個屋簷下，但是鄭莉根本就無視我的存在。只有在鄭老面前，她才裝出一副跟我很好的樣子，然而只要離開鄭老的視線，她馬上就冷若冰霜。唉，我真是拿她沒招了。」

謝紫閔讓傅華進了屋，給傅華倒了杯紅酒，勸說：「先別想那麼多啦，喝酒吧。」

傅華端起酒杯喝了一口，感觸地說：「紫閔，你相信有愛情這東西嗎？」

謝紫閔想了想說：「這個問題我不好回答你，因為我也不清楚愛情是不是真的存在。有時候我覺得我很喜歡一個人，好像那就是愛情；可有些時候我又覺得我不會為那個人付出一切，似乎那又不是愛情了。所以我也說不準究竟有沒有愛情這東西。你呢，你是怎麼看的？要不你先告訴我，你相信愛情這東西嗎？」

傅華笑了起來，說：「我曾經是很相信有愛情存在的。在大學時，我曾經很迷戀一個女孩子，對她展開瘋狂的追求，以爲那就是我的愛情了。」

傅華說的，就是他最早的女朋友郭靜。

謝紫閔有趣地說：「你還有這種時候啊，這可值得喝一杯。」她端起酒杯跟傅華碰了一下，兩人各自抿了口酒，笑說：「那後來怎麼樣了？」

傅華回憶說：「後來她成了我的女朋友，我們在一起讀書，一起做任何事……，那時我們都很純真，對未來十分憧憬，總是夢想著有一天能開創出自己的天地來。」

謝紫閔打斷了傅華的話，好奇地問：「你的意思，不會是你跟她還是純純的愛，都沒有發生過那種事吧？」

傅華慨嘆說：「那個時代的學生都很保守，能摸到小手就興奮到不行了，從來沒有那種非分之想。然而，這種象牙塔裏的愛情是易碎的，遇到現實馬上就瓦解了。過了幾年，我遇到了我的前妻趙婷，這次我雖然已經有些社會歷練，但還是相信愛情的存在，於是再次被碰得頭破血流，她因爲對我的一點不滿就離開了我，投入別人的懷抱，我想盡辦法挽留她都沒用。」

謝紫閔忍不住說：「想不到你的情史還挺複雜啊。」

傅華抿了口酒，苦笑說：「我並不想複雜，可是有些事卻是由不得我。你看這次我跟鄭莉就是這樣，我已經盡力避免跟那個方晶有出軌行爲了，結果呢，還不是鬧到現在這個下場？紫閔，我真的不知道下一步我該怎麼做，是跟鄭莉離婚？還是就這麼維持下去？你說我該怎麼辦啊？」

謝紫閔面有難色地說：「別看我啊，我這個沒經歷過婚姻的人可沒什麼好主意給你。」

傅華嘆了口氣，說：「我已經盡力去做一個好丈夫了，但還是失敗；也許我跟你一樣，也不適合婚姻吧。」

謝紫閔笑笑說：「你跟我怎麼會一樣呢？我的個性決定了我不可能去做小鳥依人的妻子，我想要的是馳騁商場，在職場上一展手腳。但你不同，你是個個性死板的人，不但習慣家庭生活，還樂在其中，你這樣的男人不適合婚姻，那就再沒有男人適合婚姻了。」

傅華苦笑說：「但是我總是在這方面失敗，我對婚姻已經有些畏懼了。」

謝紫閔分析說：「那是你這人太守原則了，總是以『應該怎麼樣』來約束你自己，對你們領導是如此，對家庭，你也是這樣。但是這世界不是這麼簡單的，不是你按照你自以爲是的原則去做，就能得到你想要的結果。」

傅華無奈地說：「這倒也是，世間事不如意者十之八九啊。」

謝紫閔看了看傅華，認真地問道：「傅華，你跟我說句老實話，你這輩子出過軌嗎？」

傅華尷尬說：「你爲什麼問這個，是不是因爲我們現在這種關係啊？」

謝紫閔說：「你不會想跟我說，我是你唯一一次的出軌吧？」

傅華搖搖頭：「當然不是，其實在我跟趙婷那段婚姻期間，我曾跟別的女人好過。那時我身邊出現了一位很談得來的女性，我們都很喜歡對方，終於控制不住發生了親密關係。」

謝紫閔驚訝的說：「什麼？真看不出來啊，你竟然早就有外遇的行爲了？」

傅華大嘆說：「其實那段經歷對我來說是百味雜陳的，其中既有偷情的興奮，也有對不起趙婷的愧疚；後來趙婷跟我離婚，我便把責任都歸咎在這段偷情的行爲上，也因而傷害了那位知己。」

謝紫閔點點頭說：「我可以想像得出你會這麼做。看你從鄭莉回來後跟我保持距離，我就知道你是那種不敢輕易犯錯、一旦犯了錯就會自責的人。這次，你會不會也把鄭莉不肯理你的責任歸咎在你和我的偷情上呢？」

傅華使勁的搖搖頭，說：「肯定不會的，跟你在一起，是我第一次主動地去征服一個女人，雖然我還沒有理清思緒，但是如果你要我對你負責，我會負責的。」

謝紫閔笑說：「那我是不是應該驕傲一下啊，我是第一個被你主動佔有的女人？」

傅華尷尬的說：「好了，紫閔，你就別開我玩笑了。」

謝紫閔說：「行行，我們不談這個了，談談你跟鄭莉這件事吧。」

傅華看了看謝紫閔，說：「你有主意能幫我走出困境了？」

謝紫閔搖了搖頭，說：「我倒是沒什麼主意能幫你走出困境，我只是覺得你不能再深陷其中了，你必須趕緊從這件事情中掙脫出來，不然，鄭莉的心挽不回來不說，還會毀了你自己。」

「掙脫出來，這是什麼意思啊？」傅華納悶地說。

謝紫閔說：「我的意思是，你不妨灑脫些，男女在一起，沒有什麼絕對的對和錯，也不是像做算術，有什麼標準答案，誰也無法算清楚究竟是你欠我的，還是我欠你的。人家不是說什麼興起而聚，興盡而散嗎？我覺得這是處理男女關係最好的一個原則，你該學著放下，不要再去強求鄭莉原諒你，你越強迫她，她越是不會就範的。」

「興起而聚，興盡而散?!」傅華念叨著。他雖然不甘心跟鄭莉就這樣完蛋，可是他知道謝紫閔說的是對的。

謝紫閔看傅華心煩苦惱的樣子，忍不住伸手去摸傅華的臉，安慰他：「好了，別把自己搞得那麼累了。」

是該放下了，傅華伸手將謝紫閔攬了過來，吻上謝紫閔的嘴唇，這一刻，他腦子裏已經不再去想鄭莉，他想的只是要怎麼征服謝紫閔這個女人了……

當晚傅華就沒有回笙篁雅舍的家，留宿在謝紫閔這裏，他放下一切令人煩惱的事情，全身心的跟謝紫閔結合在一起，享受著腦袋放空的感覺，跟謝紫閔的互動也更加感到妙不可言。

這一夜傅華睡得極爲舒適，早上醒來，謝紫閔已經做好了早餐，他去握了握謝紫閔放在桌上的手，那種甜蜜的感覺盡在不言中。

謝紫閔溫柔地說：「你想好要怎麼解決鄭莉的事了嗎？」

傅華輕鬆地說：「想好了，我決定不再去刻意的要求鄭莉原諒我了，我要從家裏搬出來，不再賴在鄭莉身邊。」

謝紫閔笑了笑說：「我很高興你終於放下了。」

傅華注意到謝紫閔並沒有請他搬來跟她一起住，就明白這個女人並不想跟他有更進一步的關係。這個地方也許是他偶爾可以來休息的客棧，他可以在這裏完全的放鬆，毫無遮掩的訴說心事，但這裏並不是他長久棲息的港灣。實際上，謝紫閔早就已經說了，她志在馳騁商場，而非卿卿我我的家庭生活。

也許保持這種若即若離的關係更適合他們吧，受傷了他可以來這裏舔舐傷口，尋求安慰和支持。能有這樣一個紅顏知己，傅華已經大感幸運了。

婚姻有時候並不一定適合一對相互知心的男女，興起而聚，興盡而散，才能讓兩人相處得更自在。他覺得他真的該學得灑脫一點啦。

吃完早餐，傅華親了謝紫閔臉頰一下，然後離開那兒，回到了自己的家。

一進門，傅華看鄭莉和傅瑾還在臥室，就先將自己放在客房的東西收拾好拿出來，然後去敲了敲臥室的門。

鄭莉在裏面很不高興的說：「你要幹嘛啊？傅華？」

傅華平靜的說：「我決定搬出去了，走之前，我想看看兒子。」

鄭莉遲疑了一下，說：「你要搬出去？傅華，你又想要玩什麼花樣啊？」

傅華說：「我不是想玩什麼花樣，我只是想明白了，既然你對我那麼反感，我留在這裏也沒什麼意義。你開門吧，我看看兒子就離開。」

鄭莉打開了臥室的門，抱著傅瑾站在門口，用懷疑的眼神看著傅華。

傅華苦笑說：「小莉，你不用這樣看我，我是做錯了事，但是我從來都沒騙過你，你把兒子給我抱一下吧。」

鄭莉沒說什麼，把傅瑾遞給他，傅華接過傅瑾，用自己的鼻子去磨蹭傅瑾，傅瑾被弄笑了。

傅瑾的笑聲讓傅華有點心酸，不知道他跟鄭莉未來會怎麼樣，見鄭莉只是冷眼看著他跟傅瑾玩耍，他對兩人的婚姻不敢抱什麼樂觀的預期。

玩了一會兒，傅瑾有點累了，傅華就把他還給鄭莉，說：「我明白我的錯誤給你造成的傷害無法挽回，我現在只能跟你說聲對不起。爺爺那邊如果你需要我跟你一起回去，給我個電話就行。我以後來看傅瑾，也會提前給你打電話的。這是家裏的鑰匙，給你吧。」

傅華將家裏鑰匙遞給鄭莉，鄭莉這才驚覺傅華這次不是要什麼花樣，而是真的要離開。

她接過鑰匙，問道：「你準備搬去哪裡？」

傅華心說：你總算問了一句我要搬去哪裡，說明你不是一點也不在乎我的。

傅華說：「放心，我有地方住的，我今天先住酒店，等上班再跟駐京辦要間宿舍。行了，我走了。」

鄭莉沒說什麼，傅華便拎起東西，此刻，他的心已經安定下來，絲毫沒有留戀的走出家門，而鄭莉自始至終仍是沒開口挽留傅華一句。

出門之後，傅華感覺輕鬆了很多，說實話，他每次看到鄭莉那樣子，就不由自主的泛起一陣罪惡感，覺得都是他害鄭莉這麼不快樂的，現在他不需要再天天面對沉著臉的鄭莉了。

當天傅華就暫時入住海川大廈。星期一上班時，他讓羅雨在駐京辦騰出一間宿舍給他。

傅華看到羅雨用疑問的眼神看著他，解釋說：「你不用看我，因爲照片的事，我跟你嫂子的矛盾一直沒能解決，只好先搬出來了。」

羅雨識趣的閉上了嘴，駐京辦空的宿舍倒是現成的，他讓人打掃了一下，然後幫傅華把東西搬了進去。

臨近中午的時候，徐筠來找傅華，見到傅華就急忙問道：「傅華，我聽小莉說你主動從家裏搬出來，還把鑰匙都交了出來，你是不是真的準備跟小莉拆夥啦？」

傅華搖搖頭說：「我沒有想過這件事，也不會主動跟小莉提出離婚，除非她要這樣做。我搬出來，只是不想再去乞求小莉的原諒。」

要是換做以前，傅華一定會問徐筠，鄭莉對他搬出來有什麼反應，但現在他對鄭莉早已死心，所以也不想問鄭莉的情形。

徐筠察覺到傅華態度上的冷淡，便說：「傅華，你是不是真的生小莉的氣了？你要諒解她，她剛生完孩子你就鬧那麼一齣，任何女人都無法接受的。」

傅華笑說：「筠姐，我沒生小莉的氣，相反的，我對小莉一直感到很歉疚。筠姐，你不要再管這件事了，目前這樣也許對我和小莉都是一種解脫。」

徐筠仍試圖再勸傅華改變心意，說：「可是……」

傅華打斷了徐筠的話，說：「好了筠姐，我不想再糾纏這件事了，我這裏隨時歡迎你來，你還是我的好筠姐，但是拜託，不要再跟我討論小莉的事了。」

徐筠嘆了口氣，莫可奈何地說：「怎麼會搞成這個樣子呢？好了，我不管你們了，你們愛怎麼樣就怎麼樣吧。」

徐筠氣哼哼的走了，傅華苦笑著搖搖頭，便不再理會這件事了，開始辦公。

下午，傅華接到丁益的電話，丁益說：「傅哥，晚上別出去應酬，我有活動需要你參加。」

傅華愣了一下，說：「你什麼時候到北京了？」

丁益說：「我還沒到呢，我現在在海川機場，馬上就飛北京。」

傅華詫異地問：「什麼事情搞得這麼神秘啊？你要來見什麼人？爲什麼非要我參加啊？」

丁益說：「我要去見呂鑫，是他點名說要你一起去見他的。」

傅華有些猶豫，他曉得呂鑫爲什麼想見他。呂鑫感興趣的不是他這個駐京辦主任，而是他身後的劉康。前些日子他爲了找方晶，動用到劉康的關係，也驚動了呂鑫，當時呂鑫就對劉康十分感興趣，這次呂鑫想見他八成是爲了這個。

傅華記得劉康警告過他，說呂鑫是危險人物，不要跟呂鑫這幫人有什麼瓜葛，因此就不太想參加這次聚會。他說：「丁益，我跟呂鑫又沒有什麼業務上的往來，就不去參加你們的聚會了。」

丁益聽了說：「別啊，傅哥，你可千萬別不參加。我和伍權好不容易才約到呂鑫的，你如果不給呂鑫這個面子，我和伍權要跟他談的事可能就無法談成了，你就當幫兄弟的忙，露個面就行了。」

傅華說：「你是要跟呂鑫談借錢的事吧？丁益，有朋友告訴我，他是個危險人物，你還是少招惹他比較好。」

丁益卻說：「現在這社會誰不危險啊？呂鑫是什麼樣的人物，我和伍權都知道。現在的重點是，如果我們再弄不到錢的話，舊城改造項目就危險了。好了，傅哥，就拜託你了，出面幫我們應酬一下吧。不跟你說了，飛機要起飛了，我們見面再談吧。」

幾小時後，丁益和伍權一起來到駐京辦，好說歹說，非拖著傅華去見呂鑫，傅華實在是推脫不掉，只好跟著兩人一起去了。

呂鑫跟他們約定見面的地方，正是當初方晶經營的鼎福俱樂部。方晶回澳洲之後，鼎福俱樂部轉給呂鑫的朋友經營，呂鑫也是俱樂部的會員，約在這裏見面也在情理之中。

傅華很久沒來鼎福俱樂部了，故地重遊，人事全非，心中不禁感觸萬千。進門看到鼎福俱樂部熱鬧依舊的場面，傅華滿臉都是苦澀。

傅華抱怨說：「丁益，你真是會給我出難題，你帶我來這兒，不是在揭我的瘡疤嗎？」

丁益滿臉陪笑著說：「傅哥，我這不是沒辦法了嗎？幫幫忙吧。」

這時呂鑫也到了，一看到傅華，就遠遠地打招呼說：「傅先生，好久不見了。」

此刻就算是不情願，也是要見面的，傅華收拾好心情，笑著迎了上去，說：「呂先生，什麼時候到北京的啊？」

兩人握了握手，呂鑫說：「上午才到的，有點事需要處理。伍權和丁益這兩位老弟正好打電話來，想跟我見見面。我一想，也有些日子沒見過傅先生了，就讓他們順便約你來聚一聚。走，我們進包廂再說。」

眾人進了包廂，剛坐下來，一位個子不高、油頭粉面的中年男子走進了包廂，跟呂鑫打著招呼。

呂鑫立即跟那個男子說：「來，侯老闆，我給你介紹一位貴客，這位是傅華傅先生。傅先生，這位是鼎福俱樂部現在的老闆。」

男子伸出手來，對傅華說：「在下侯天凡，很高興認識傅先生。」

傅華有些不好意思，劉康當初爲了追出方晶的下落，肯定對侯天凡的人馬做了什麼不禮貌的事。

傅華跟侯天凡握了握手，笑著說：「幸會了，侯老闆。」

呂鑫在一旁說：「你知道這個傅先生是誰嗎？就是那個要找方老闆的人。」

傅華沒想到呂鑫會把這件事給抖出來，越發有些尷尬，趕忙抱歉地說：「不好意思啊，侯老闆，方老闆跟我之間有些糾葛，我必須找到她說清楚，我的朋友沒給你造成什麼困擾吧？」

直到現在，劉康始終沒告訴傅華，他究竟是用了什麼手段逼迫呂鑫和侯天凡這些人交出方晶的聯絡方式。

侯天凡不以爲意地說：「傅先生客氣了，您的朋友很友善，怎麼會給我們造成困擾呢？其實論起來，我們有共同的朋友，我早就想找機會認識一下傅先生的。沒想到今天呂董幫我達成了這個心願。既然認識了，以後大家就是好朋友了，歡迎傅先生多來鼎福玩。」

傅華打趣說：「侯老闆真會開玩笑，你以爲我像呂先生那麼有錢啊，來你這裏玩一下，估計我一個月的工資就沒了。」

侯天凡笑了，說：「傅先生說笑了，鼎福怎麼能收您的錢呢？您儘管來玩，不用買單的。」

侯天凡露出一副巴結的嘴臉，反而讓傅華更加心生警惕，這些人都是走南闖北的人精，眼睛一轉就是能害死人的鬼主意，這麼巴結他，一定是有某種企圖。看來改天真要找劉康問一下，弄清楚當初劉康到底是對侯天凡這幫人做了什麼，不然他就算是掉進了陷阱裏也還不自知呢。

侯天凡跟他們閒聊了幾句之後，就自行離開了。

呂鑫看了看傅華，笑笑說：「時間還早，傅先生，要不要先來玩幾把德州撲克啊？上次我看你玩得挺好的。」

傅華趕忙拒絕了：「算了吧，呂先生，跟您玩這種遊戲，我不是你的對手，沒玩我就先輸了七成了。」

呂鑫說：「傅先生怎麼會這麼說，我可事先聲明啊，我跟人賭從來不出老千的。」

傅華解釋說：「我不是說您出老千，而是以您的身家跟我玩，那點輸贏您根本就不放在眼中，但是我呢，就算是有朋友幫我付錢，數目也是令我緊張的。玩德州撲克很大一部分技巧都是心理戰術，在心理上，您已經處於絕對的優勢了，我不輸還能怎麼辦？這麼玩您說公不公平?!」

呂鑫聽了，笑說：「傅先生確實精明，一句話就點中要害了。你這麼一說，就讓我感覺有點勝之不武了，那就算啦，我們就不玩牌了。來，我們喝酒。」

呂鑫跟傅華碰了碰杯，傅華抿了口酒。放下酒杯後，傅華看呂鑫一直不提丁益和伍權最關心的投資問題，知道坐在一旁的丁益和伍權心裏肯定很著急，就把話題往這方面引，說：「呂先生，您這次是準備跟丁益他們合作嗎？」

呂鑫說：「目前我還在考慮中。誒，傅先生，就你看，我應不應該跟他們合作啊？」

傅華愣了一下，他沒想到呂鑫會問他對這件事的看法。呂鑫這一問，也把丁益和伍權的注意力都集中到他的身上。

傅華心知丁益他們一定是希望他多說好話，但是呂鑫這種人在江湖上打滾多年，眼睛都長到頭頂上了，又豈是幾句好話就能糊弄得住的。

傅華便說：「呂先生，我對這個項目並不是十分瞭解，我的意見恐怕沒有太多參考價值，我還是不說什麼了吧。」

傅華這麼說，丁益和伍權的眼神中明顯露出了失望的神色。

第五章

願賭服輸

傅華跟呂鑫握了握手，說：「呂先生，您真是太客氣了，
那個賭不過是玩玩而已，何必這麼認真呢。」
呂鑫說：「傅先生可以不在意，不過我呂某人是做賭業的，
願賭就要服輸，可不能賴賬，那樣我的名聲就壞了。」

呂鑫說：「傅先生，你太謹慎了吧？我又沒說要以你的意見爲準，說說看又有何妨？」

丁益幫腔說：「對啊，傅哥，你就說說看嘛。」

傅華不好再推辭，便笑笑說：

「那我就說了。如果我是呂先生的話，我會覺得此時進入這個項目是正當其時，我會馬上就跟他們簽訂投資合約的。希望我這麼說，呂先生不要認爲我是在幫丁益和伍權說話，這其實也符合您的利益。」

呂鑫搖搖頭說：「我不認爲你是在幫丁老弟和伍老弟說話，傅先生自然是知道我不會因爲你幾句話就決定投不投資的。但是我想聽聽看，爲什麼你覺得我現在進入是正當其時，理由是什麼？」

傅華笑笑說：「理由很簡單，大家都知道這種舊城改造項目，盈利是可以預期的，只是其中有一個棘手的問題，就是拆遷問題。舊城由於歷史原因的累積，住戶的背景複雜，拆遷中會遇到很多難以預料的狀況，這也是丁益和伍權他們項目進展緩慢的主要原因之一。」

丁益附和說：「傅哥的眼光確實很敏銳，這個項目的拆遷真是一根難啃的硬骨頭，把我和伍權搞得一個頭兩個大。到目前這個難題也還沒有解決完呢。」

「既然這樣子，傅先生又怎麼會認爲我應該選擇這個時機點進入呢？」呂鑫好奇地問。

傅華笑說：「呂先生，您這可是明知故問啊。您是商界的前輩，其中的道理您肯定比我看得更明白，我就不班門弄斧了吧？」

呂鑫盯著傅華看了一會兒，猜測傅華是不是真的知道他在想什麼，然後說：「我不太明白傅先生的意思。」

傅華說：「呂先生就不要跟我逗悶子了吧？您心中在想什麼，自己怎麼會不清楚呢？」

呂鑫笑了，說：「看樣子傅先生知道我在想什麼，不妨說來聽聽。」

傅華說：「呂先生不會非要我說吧？我說了，可能就要揭開你的底牌了。」

呂鑫看了看傅華，說：「傅先生這麼篤定，看來是知道我的底牌是什麼了。要不我們賭一把吧，看看你說不說的中。」

傅華開玩笑說：「看來呂先生的賭性很強啊，不愧是賭業起家的人。」

呂鑫笑說：「這與賭業無關。我也活了這麼大把年紀，深知人生處處都是充滿著賭局，不過，賭的人膽量有大有小，賭的籌碼也有大有小罷了。就好比你的婚姻吧，你跟妻子結婚的時候，雖然許下的誓言很好聽，什麼百年好合、白頭偕老，但其實你並不知道未來是否真能做到，這也是一種賭博，你說是不是，傅先生？」

傅華心頭一凜，他不知道呂鑫拿婚姻做比喻，是因爲知道他的婚姻狀況故意這麼說，還是湊巧而已；如果答案是肯定的，那代表呂鑫一直在私底下關注著他，這可不是件令人愉快的事。

傅華試探著說：「呂先生怎麼知道我的婚姻出狀況了？」

呂鑫愣了一下，笑說：「不會這麼巧吧？我不過是拿你的婚姻做個比方而已，並不知道你的婚姻出狀況了，對不起啊。」

自己對呂鑫是太過戒備了，才導致他有點草木皆兵，傅華失笑說：「呂先生千萬不要說對不起，你那也是無心之失。您這個婚姻的比方很恰當，人生確實處處都是賭局。那您說，要跟我賭什麼？」

呂鑫回頭看了看丁益和伍權，笑笑說：「要不我們就以我和丁益伍權商談的投資事宜來做賭注吧，傅先生贏了的話，我就答應他們的要求，投資他們；傅先生如果輸了，那這件事便作罷。怎麼樣，敢賭嗎？」

傅華瞧了瞧呂鑫，又看了看丁益和伍權，丁益和伍權一副左右爲難的樣子，他們既希望傅華能賭贏這一局，又擔心傅華萬一賭輸了，他們跟呂鑫就沒戲唱了，因此顯得患得患失的。

呂鑫不愧是賭場上的高手，看似不起眼，一招一式卻都充滿了算計。他十分狡猾，竟拿投資作爲賭注。跟這種高手過招，其實是很刺激的體驗，他居然有一種想要把這個遊戲玩下去的衝動。

傅華衝著呂鑫搖了搖頭，以進爲退的說：「呂先生，您在賭術上太高明了，我還是認輸，不跟你賭了。」

呂鑫本來滿心期待跟傅華賭這一場的，沒想到傅華卻不戰而退，繳了白旗，這讓他有點失落，也有些意外，他看著傅華說：

「傅先生，你在怕什麼啊？你不會是擔心就算是你說中了，我也會故意否認的吧？」

傅華笑說：「我不擔心這個，我相信以呂先生您現在的身分地位，一定不屑於這麼做的。」

呂鑫心中泛起了惺惺相惜的感覺，賭場上雖然每一個賭客都是詭詐百出，無所不用其極，但是有水準的賭客卻仍有一些底線的。

呂鑫現在已經不是小混混的時候了，他一向自認是個有品味的賭客，看傅華這麼信賴他，心裏很高興，便說：「謝謝你這麼信賴我。既然你不擔心這個，爲什麼不肯跟我賭呢？」

傅華笑笑說：「其實賭不賭這一局沒什麼意義，反正結果都是一樣的，呂先生心裏早就決定要投資這個項目了。」

「不會吧？」丁益不相信的說：「傅哥，呂先生剛才還以投不投資作爲賭注，又怎麼會早就決定要投資了呢？」

呂鑫笑看著傅華說：「是啊，傅先生，你解釋解釋爲什麼吧？」

傅華揭開謎團說：

「這就是呂先生高明的地方，他故意拿這個做賭注，就是想迷惑我，想讓我以爲他心中還沒有作出決定。呂先生，我說的對嗎？」

呂鑫忍不住鼓起掌來，笑說：「真正高明的是傅先生啊，不知道你是從哪裡看出我早就有決定了？」

傅華分析說：「有兩點因素讓我這麼認爲，第一個，是從目前的形勢上來看，現在正是進入項目最佳的時間點。因爲拆遷的最大難題基本上已經解決了，只要假以時日，丁益和伍權熬過這段時期，項目就會進入平穩期，資金問題便可以從其他管道解決。如果不在這個時間點進入，呂先生就會失去要價的籌碼，無法得到最有利的條件。我說的對吧，呂先生？」

呂鑫不置可否的說：「那第二呢？」

傅華笑說：「第二個就更簡單了，以您這種身價的人，日程繁忙，如果不是有重要的事要跟丁益和伍權談，又怎麼會浪費時間在他們身上呢？據此我猜測，呂先生您這次要跟他們見面，應該就是已經決定要投資了。」

呂鑫哈哈大笑起來：「傅先生的眼光真是犀利啊，奇怪的是，你爲什麼要做這個駐京辦主任呢?如果經商，你一定會發大財的。」

傅華笑說：「那可不一定，據我觀察，不管是哪個行業成功的人，除了本身的能力之外，還有很大一部分是運氣，我之所以做這個駐京辦主任，應該是在其他方面運氣不夠吧？」

呂鑫眼睛亮了一下，對傅華說：「傅先生看得很透澈啊，確實有很多人欠缺的不是能力，而是運氣。我跟你越聊越感覺投緣，真是相見恨晚啊。傅先生，等我去海川投資了，有時間我們要多親近親近。」

傅華並不想招惹呂鑫這種背景複雜的人，但是場面上也不好拒人於千里之外，更何況丁益和伍權還眼巴巴等著呂鑫的投資呢。便笑笑說：「一定，一定。我會在海川期待呂先生的到來的。」

呂鑫高興地說：「那就這麼說定了。傅先生，我還有一個不情之請，不知道方不方便講？」

傅華笑說：「我們都聊到這份上了，我能說不方便嗎?您講就是了。」

呂鑫說：「等我在海川投資的事情敲定下來，我想請你當我們的顧問，薪水什麼的，我會照最高標準支付，也不需要你來上班，只希望我們跟政府之間有什麼事情發生的話，你可以幫我們協調一下，你看可以嗎？」

傅華面露難色，呂鑫這麼做就有點打蛇隨棍上的意思，一步步想要跟他拉近關係，這似乎不是件好事；而且作爲政府官員，紀律上也不允許他這麼做。

傅華便婉拒說：「呂先生，恐怕我要拒絕您的這番好意了。不是我掃您面子，您也清楚，我是政府官員，做企業顧問這種事是違背紀律規定的。這要在香港，恐怕就會被廉政公署請去喝咖啡了。」

呂鑫露出大感失望的樣子，怏怏不樂地說：「傅先生如果覺得爲難的話，那就算了。」

傅華寬慰說：「其實呂先生真的不用擔心，現在各地都在招商引資，政府只會盡力維護來投資的商人，絕不會爲難你的。海川市也不例外啊。」

呂鑫說：「我知道政府不會爲難我。不過，有些事政府也無法解決的很好，就像前陣子那個什麼鋸樹事件，鬧得滿城風雨，政府還不是很被動？」

丁益臉色變了變，沒想到呂鑫一直在關注舊城改造項目的進展，連鋸樹事件都知道，看來傅華說的一點不假，他可能早就決定投資這個項目了，之所以一直拖延著不肯答應，就是爲了等他們陷入困境，好有本錢提高要價。

丁益便有點不高興的說：「想不到呂先生一直在關注這個項目啊？」

呂鑫並不在乎丁益是否生氣，他已經掌握住丁益和伍權，知道兩人除了從他這裏得到投資，並沒有其他解決資金的管道，丁益生氣歸生氣，還是會向他屈服的。

呂鑫笑笑說：「丁老弟，你不要介意啊，這是要投入大筆資金進去的，我如果不全面掌控項目的進度，怎麼敢冒然投資進去啊？鋸樹這事，你確實處理的不好，因爲你沒有當機立斷才導致事態的擴大，如果傅先生早參與進來，恐怕根本就沒有這些問題。」

呂鑫如此稱讚傅華，丁益心裏一定很不舒服，傅華趕忙說道：「呂先生您可不要這麼說，鋸樹事件內情很複雜，還有人故意加進去攪局，換到我在丁益的位置上，我也不敢保證就能處理得比他更好的。」

呂鑫擺擺手說：「傅先生太謙虛了，我相信你出面解決這件事的話，一定會處理得更好，所以我才期待你的加入。」

呂鑫再次提出了邀請他做顧問的話題，讓傅華覺得他如果峻拒的話，有可能會損害到丁益伍權跟呂鑫的合作，想了想說：

「呂先生，您看這樣好不好，我和丁益、伍權是很好的朋友，這個項目如果出了什麼問題，我也不會袖手旁觀的。到時候確實需要我幫忙時，我會盡力協助的。只是不要再說什麼顧問不顧問的事了。」

呂鑫滿意地說：「既然這樣，那就先謝謝你了，傅先生。丁老弟，伍老弟，我們明天找個專門時間談一談投資的事情吧。」

投資項目的話題到這裏就撂下了，傅華和丁益、伍權又陪著呂鑫聊了一會兒，直到晚上十一點多才散。

離開鼎福俱樂部，三人一起回到海川大廈。

在路上，丁益感激地說：

「今天真是謝謝你了，傅哥，沒有你，我和伍權還不知道要被呂鑫這傢伙玩弄到什麼時候才能拿到投資呢。」

傅華心中卻隱隱的有些不安，說：「別謝我，其實到現在我也不清楚促成這件事，究竟是幫了你們還是害了你們。你們要知道，呂鑫這個人心機深沉，不是好打交道的人。你們的合作將來會發展成什麼樣子，我心裏可是沒底。」

伍權不以為然地說：「傅哥，這個你就不用擔心了，我和丁益兩個也不是傻瓜。商業上的夥伴都是互相算計的，不可能永遠只跟忠厚老實的人合作。再說，能上到呂鑫這種層次的人，也沒有忠厚老實的，忠厚老實的人絕發不了這麼大的財的。」

傅華想想也是，呂鑫這樣的人，都是在商界歷經百戰，殺出一條血路才獲得成功的，這顯然不是忠厚老實的人能夠做到的。

傅華便說：「不管怎麼說，你們還是小心應付吧。」

丁益笑笑說：「放心吧傅哥，我們總還是海川的地頭蛇，呂鑫就算是強龍，在海川也得顧忌我們幾分的。」

第二天，丁益和伍權便去找呂鑫敲定投資的細節去了，傅華沒有跟他們一起去，而是留在駐京辦。

臨近中午的時候，傅華打了個電話給劉康，問劉康究竟對侯天凡他們做了什麼。

劉康說：「我不是讓你別追問這件事了嗎？你怎麼又提起來了？」

傅華把昨晚跟侯天凡和呂鑫碰面的情形跟劉康說了，劉康聽完說：

「傅華啊，你的朋友我管不著，但是你還是老老實實的聽我一句勸，別去跟侯天凡和呂鑫這些人扯上關係。至於我的朋友對他們究竟做過什麼，你還是不知道的好。」

傅華忍不住說：「劉董，您跟我說個明白話行不行啊？起碼你告訴我究竟爲什麼吧，要不然老是被蒙在鼓裏，這個滋味可不好受啊。」

劉康沉吟了一會兒，說：「這麼跟你說吧，這些人從香港西進大陸，並不是只爲了賺幾個錢那麼簡單。賺錢只是其一，他們還想將他們在香港玩的那一套搬到內地來。這幾年，據說香港政府對他們這些人進行了嚴厲的打擊，搞得他們岌岌可危，而內地在這一方面管理相對鬆懈，於是他們就想把陣地轉移到這裏。所以你就知道他們是來幹什麼了的吧？這種人你敢惹嗎？」

傅華大概明白劉康的意思了，也明白爲什麼呂鑫和侯天凡都想跟他結交。劉康當初威脅侯天凡，一定是動用了根深蒂固的本土勢力。侯天凡和呂鑫即使再強，也不敢惹翻這些本土勢力。同時，他們也想能不能跟這些本土勢力結合起來，好壯大他們從香港帶過來的黑道勢力。

傅華聽了害怕地說：「這我可真惹不起。」

劉康說：「所以啊，你能躲他們多遠就躲多遠吧。」

晚上丁益和伍權回來，兩人都是一副興高采烈的樣子，想來他們已經跟呂鑫談好投資的細節。

看兩人這麼高興的樣子，傅華不想潑他們冷水，在嘴邊的話便咽了下去，他知道在這個時候，無論他說什麼，這倆傢伙都聽不進去的。

轉念一想，傅華覺得其實也無所謂了，就像硬幣有陰陽兩面一樣，這個社會除了陽光的那一面之外，也存在著陰暗的一面，這也是爲什麼劉康、呂鑫這類人存在的主因。

這是無法避免的事情，不論是什麼時代，都無法消滅這些黑道分子，他們也一直按照優勝劣汰的叢林法則在運行著。

海川。

早上上班時間，孫守義走向市政府辦公大樓。經過的人跟他打招呼，孫守義也都會笑著應一句你好，表現出十足的親和力。他現在還是代市長身分，還不到擺官架子的時候。

進了辦公室，孫守義翻看了一下桌上的檔案和信件。沒什麼特別讓人注意的，就放到一邊去了。

孫守義拿起水杯喝了口水，這時，門被敲了一下，副市長何飛軍走了進來，笑著說：「市長在忙什麼啊？」

孫守義笑了笑說：「也沒忙什麼，反正每天都是那套公式化的東西，找我有事嗎？」

何飛軍關上門，坐到了孫守義的對面，神秘的說：「早上我接到一封信，市長要不要看一下？」

孫守義瞅了一眼何飛軍，說：「別弄得那麼神秘，趕緊說，究竟是關於誰的？」

何飛軍指了指市委辦公大樓，曖昧的說：

「還能是關於誰啊，當然是那位的了。信裏的內容說那位跟劉麗華之間怎樣怎樣，嘿嘿，信寫得香豔的很。」

孫守義暗自搖頭，別人不知道，他可是很清楚金達和劉麗華絕沒有任何的曖昧，但是政壇上就是有這麼一種人，對這種香豔的政治緋聞深信不疑，而且還樂此不疲。

剛剛兩人才有驚無險的度過了酒吧大火事件，算是同舟共濟了一把，此刻孫守義對金達只有維護，並不想踩上一腳。更何況裏面還牽涉到了劉麗華。

孫守義伸出手來，問何飛軍：「信呢？」

何飛軍以爲孫守義想看信的內容，趕忙從衣兜裏把信拿出來，遞給了孫守義。

孫守義接過信，看都沒看，立即刷刷兩下將信撕成了碎片，然後將碎片扔進了廢紙簍裏。

何飛軍有點尷尬，看了一眼孫守義說：「市長，您這是什麼意思啊？」

孫守義嚴肅地說：「老何，金達同志是我們海川市領導班子的頭頭，作爲班子的成員，我們有義務維護他。像這種捕風捉影的事，聽過就算了，就不要再去傳播了。」

何飛軍訕訕的笑說：「我也就是跟您說有這麼一封信而已，沒有想要傳播的意思。」

孫守義說：「我知道你沒想要傳播，不過還是小心爲妙。老何，你也不是官場上的新手了，應該知道很多時候同志們之所以互相產生矛盾，都是因爲一些細節不夠注意才釀成的。你說是吧？」

何飛軍頭低了下來，說：「是，市長說的對。」

孫守義看何飛軍被他說得不好意思了，他也不想爲了金達，讓何飛軍對他心裏有疙瘩，就安撫他說：

「老何啊，你別把心思都放在這上面。現在海川市一下子少了兩名副市長，下一步副市長的分工一定會加以調整的，常委副市長的位子也空了出來。你多用點心思在這方面，爲自己爭取進步也好啊。」

何飛軍自然也很想能夠在職務上有所變動，他這個副市長其實幹得很窩囊，沒什麼實權，下面一些有實力的局長根本就不把他看在眼中。

何飛軍帶著期盼的口吻說：「市長，您說我可以嗎？」

孫守義笑了笑說：「怎麼不可以啊？你又不比別人差點什麼。老何啊，我來海川之後，在副市長當中，我們倆算是走得比較近的，我做這個市長感覺擔子很重，可是很希望你能多幫幫我呢。」

孫守義這是放出了將會有所倚重的信號給何飛軍，何飛軍雖然不是那種能力很強的人，但是勝在這個人跟他走得很近，如果能用起來，何飛軍對他會很忠誠。再是何飛軍野心不大，能力平庸，他用起來可以放心，不用擔心他私下搞怪。

何飛軍的眼睛頓時亮了，他看著孫守義，諂媚的說：「只要市長您信得過我，我一定會盡心盡力的完成您交給我的工作的。」

孫守義說：「這個我相信，不過老何，在目前這個時期，我希望你不要去攙和像剛才這種舉報信的事，這搞不好會影響到金達書記對你的觀感，那樣我想對你做什麼安排，就會遭到金達書記的阻撓。你明白我的意思吧？」

何飛軍點點頭，說：「市長，我很明白您的意思，您放心，我再也不會摻合這些事了。」

孫守義又提醒說：「老何，目前形勢還是很不明朗，包括我在內，還是安分一點好。」

何飛軍說：「我明白，市長。那我回去工作了。」就離開了孫守義的辦公室。

孫守義覺得這個何飛軍還算識趣，知道事情的輕重。

孫守義很不希望金達和劉麗華的曖昧傳聞廣泛被傳播，萬一控制不好，會對他市長轉正造成極大妨害。他可不想當正式市長就剩下臨門一腳的時候，卻被人放倒在門前。

打發走何飛軍，孫守義正準備開始辦公時，手機響了起來，是束濤打來的。

「市長，能不能找個時間出來吃頓飯啊？」束濤問。

孫守義不太想答應，上次跟束濤吃飯，不小心讓金達察覺，讓金達對他產生心結。這時候再去跟束濤吃飯，要是又有風聲傳到金達耳裏，他剛跟金達改善的關係恐怕又會緊張起來了。

孫守義便笑笑說：「束董，有事說事，吃飯就免了。海川最近的情形你又不是不知道，如果被人看到我們在一起吃吃喝喝不太好。」

孫守義說的也是事實，「紅豔后」酒吧大火造成的後續效應仍在市民心中不斷發酵，一股悲傷的氣氛瀰漫著海川，市民要淡忘這件事情，還需要經過一段很長的時間，這時實在不宜再大吃大喝的。

束濤爲難地說：「可是市長，這件事情不見面說，有些彆扭。」

孫守義不知道束濤是什麼意思，不過聽起來不像是好事，便說：「束董，我們之間應該沒什麼好彆扭的，如果你感覺確實彆扭的話，那就不要說了吧。」

束濤露出尷尬的表情說：「市長，不是我感覺彆扭，而是要找你辦事的這個人，可能會讓您彆扭。」

孫守義很聰明，馬上就猜到束濤說的是誰了，他笑說：「束董，你不會是替孟森找我吧？」

束濤佩服說：「市長您真是高明，一猜就中。您能不能先別生氣，聽我說明一下孟森爲什麼要求您？」

孫守義說：「束董，你別緊張，我沒那麼小氣，我們當初不也是有過一段對立的時期，現在不也挺好的?!說吧，究竟是怎麼一回事？」

束濤示好說：「我就知道您大人有大量，是這樣子的，這次『紅豔后』酒吧大火，把海川的娛樂業也燒得受創甚深。市長，我這麼說不誇張吧？」

「紅豔后」事件之後，由於政府展開大規模的取締檢查行動，海川的八大娛樂場所皆是風聲鶴唳，草木皆兵，稍有一點不合格就被強制停業。許多商家不堪其擾，只得暫時休業，加上出來玩的客人也少了很多，就算是沒被停業的娛樂商家也是門可羅雀，營業額銳減。束濤說娛樂業深受巨創，真是一點都不誇張。

孫守義說：「話不能這麼說，政府實施嚴格的管控措施，也是逼不得已的，總沒有人希望再發生類似的不幸事故吧。」

束濤說：「您說的我能理解，這時候政府確實需要嚴格一點才能向大眾交代。不過，有些事情也不能太超過了吧？」

孫守義說：「怎麼，檢調單位是不是對孟森的公司做得有些過火了？」

束濤抱怨說：「是啊，孟森旗下的那些娛樂場所都已經按照規定進行了修正，但是有關部門還是不肯讓他們過關。」

孫守義基本上對孟森是信不過的，便說：

「束董，你這話沒有水分吧？孟森確實是按照規定嚴格進行修改？不會是他想糊弄相關部門卻糊弄不過去吧？」

束濤笑說：「市長，這您就錯了。孟森很清楚他跟您之間的矛盾，更知道相關部門不會輕易放過對他的檢查，因此絲毫不敢打馬虎眼，就是不要給相關部門整他的機會，所以他絕不敢糊弄相關部門的。」

孫守義說：「我先糾正你一下，相關部門應該不會因爲我的緣故而對孟森的公司另眼看待的，我也從來沒要求他們要這麼做。」

束濤理解地說：「市長，我知道您是個嚴謹的人，不會特別要求相關部門對孟森苛刻的。但是總有一些自以爲是的人，會看你的眼色行事；他們也無需做什麼太大的動作，只要不放行孟森的公司就可以了。」

孫守義詫異地說：「不會吧，應該沒這種情形才對啊。」

束濤嘆說：「如果真的沒這種情形的話，孟森也不會找到我，替他向您轉達了。他那種人一向橫蠻慣了，要不是沒招了，又怎麼會向您低頭呢?市長，他讓我跟您說，他當初招惹您是他自不量力，他願意給您端茶認錯，希望您大人大量，放他一馬。所以讓我出面來安排這個飯局。」

孟森肯低頭服軟，孫守義心裏很高興，他來海川後，就一直跟孟森鬥法，這次孟森迫於形勢不得不低頭認錯，讓孫守義覺得這場博弈他算是贏了。

孫守義立即說：「別，孟森端茶認錯我可承受不起，也談不上什麼放不放他一馬的問題，我可不是什麼江湖人物。」

束濤愣了一下，覺得孫守義這麼說似乎是不想放過孟森，就說道：「市長，孟森這種人，成事不足敗事有餘，而且他是一個很有活動能力的人，我擔心您如果老是這麼卡他，會被他壞了您的大事的，您還是不要跟他一般見識了。」

孫守義笑說：「束董，你別緊張，我不會卡著他不放的。這件事我會跟公安部門瞭解一下，如果孟森的公司確實達到規定，我會讓他們放行的。這總可以了吧？至於飯局，你還是推掉吧。」

束濤沒想到孫守義會這麼輕易地就放過孟森，趕忙巴結說：

「可以了，可以了。市長，您不愧是做大事的人，不說別的，就您這度量，就不是一般人能有的。」

孫守義笑說：「好了束董，你就別拍我馬屁了，當初還不知道你在背後怎麼罵我呢。」

束濤不好意思地乾笑了一下，說：「我那是一時糊塗了嘛！」

孫守義心說：你不是糊塗，而是你那時不需要求到我。現在你變得這麼恭敬，也是因爲形勢變了。不過我放過孟森，也是因爲形勢變了，如果老是執著於過往的恩怨，會讓人覺得我氣量偏狹，還做不好事。

孫守義大度地說：「行了束董，我們過去的那一頁就算揭過了，你等我電話，我問一下公安局，看看究竟孟森是怎麼個情況，再跟你回話吧。」

束濤感激地說：「行，我等您電話。」

孫守義就打電話給公安局的唐政委，問唐政委究竟是怎麼回事，唐政委回說：

「孟森的消防確實過關了，不過孟森算是經常會出問題的單位，我們怕他再出什麼閃失，所以才把他們往後延了一下，沒讓他們通過。」

唐政委的想法倒是無可非議，孫守義也不好說公安部門處置不當，便笑笑說：「原來是這樣啊，你們做得很對。」

唐政委奇怪地說：「怎麼，這傢伙爲了這件事鬧情緒了？」

孫守義笑笑說：「那倒沒有，不過我聽到一些傳聞而已，說公安部門是因爲我的緣故才刻意不放行的。老唐，如果可以的話，你看是不是讓他們通過算了，省得人家說我睚眥必報。」

唐政委遲疑了一下，孫守義竟會爲孟森說情?!不過孫守義既然發話了，他也沒有理由反對，就笑笑說：

「市長想怎樣就怎樣了，回頭我就跟下面的同志說，既然孟森沒什麼問題，就讓孟森通過行了。」

孫守義滿意地說：「老唐，我就知道你會體諒我的，謝謝了。」

唐政委笑了，說：「市長謝我幹什麼，您太客氣了。」

掛斷唐政委的電話後，孫守義就打電話給束濤，告訴束濤，孟森的事沒問題了，公安局決定放行了。

束濤聽了高興的說：「那真是太謝謝您了，市長，這份情，孟森一定會有厚報的。」

孫守義說：「束董不要這麼說，我只不過是督促公安部門依法辦事而已。你告訴孟森，這次情形比較特殊，只要他依法經營，沒有人會故意難爲他的。」

束濤知道孫守義愛惜羽毛，不想跟孟森有太多的往來。現在孟森的問題已經得到解決，束濤就笑了笑說：

「那行，孫市長，您的話我一定會轉告他的。」

北京。

臨近下班時，傅華看著找過來的丁益和伍權，有點不太高興的說：「你們倆怎麼回事啊，不是已經拿到錢了嗎，怎麼還要我去見呂鑫啊？」

丁益陪笑說：「傅哥，你聽我說，主要是呂先生感覺有些不好意思，他覺得那天跟你打的那個賭有點投機，實際上是他輸了，卻沒有付給你相應的賭注，他覺得這樣虧欠了你。再說，我們合作成功也有你一份功勞，禮貌上也該請你吃頓飯的，所以他就說非要請你不可。」

傅華苦惱地說：「這不是爲難我嗎？你們又不是不清楚，我不願意跟他有太多的往來。」

伍權敲邊鼓說：「傅哥，就是吃頓飯而已，不用這麼緊張吧？有時候我覺得你真是小心的太過分了。呂先生是有那種背景不假，但是你跟他吃頓飯也不會被他牽連上吧？」

丁益也說：「是啊，傅哥，吃頓飯不會有什麼的。這是呂先生跟我們合作後拜託我們的第一件事，你總不會讓我和伍權這麼點面子都沒有吧？」

傅華拗不過丁益和伍權，苦笑著說：「好了好了，我去就是了，不過下不爲例啊。」

丁益笑說：「下次的事下次再說吧。」

傅華問：「那他約在哪裡啊？」

丁益說：「安縵頤和，怎麼樣，夠誠意吧？」

安縵頤和酒店是安縵國際集團第一家位於中國的度假村酒店，酒店與頤和園僅一牆之隔，有一道專屬的門供賓客直接進入頤和園。這道門就像一道時光之門，讓走在裏面的人回到百年前的繁華，老佛爺漫步後花園的排場彷彿歷歷在目。

傅華做駐京辦主任，對北京的酒店算是消息靈通，安縵酒店一開業，他就聽聞這家酒店的特色了，不過他還沒機會親身體驗，呂鑫把請客的地方設在這裏，確實是夠有誠意了。

傅華便開車載著丁益和伍權一同前往酒店。

「安縵頤和」的大門設在頤和園東門，沒有招牌，大門由兩頭石獅子守護著，路過的人總好奇往裏面瞧，卻猜不出這其實是一家頂級酒店。

呂鑫訂了中餐廳的包廂，由於酒店保留四合院風格，並設有多口門窗，窗門配上木質的捲簾，窗外的風景變得隱隱約約，如水墨畫中的渲染，恰恰符合古代中國文人推崇的含蓄美。

包廂內，明代風格的桌椅簡樸近人，讓人感覺跟外面浮躁的北京完全是兩種風情，十足體現了一種低調的奢華風格。

呂鑫早早就在裏面等候了，呂鑫身邊還有一位看上去三十多歲的女人，這女人並不是那種讓人驚豔的美女，但是很耐看，算是那種被稱爲「第二眼美女」的類型。

她的穿著也十分得體，恰到好處的襯托出她的韻味。因爲鄭莉的關係，傅華對女人的衣著多少瞭解一些，一眼看出女人穿的衣服價值不菲，這讓傅華十分好奇她的身分。

這個女人另一個讓人注意的地方，是她長得有點像混血兒，皮膚比一般亞洲人白皙，鼻梁很挺，眼珠顏色有點發藍，有點像歐美的白種人。

傅華跟呂鑫握了握手，說：「呂先生，您真是太客氣了，那個賭不過是玩玩而已，何必這麼認真呢。」

呂鑫說：「傅先生可以不在意，不過我呂某人是做賭業的，願賭就要服輸，可不能賴賬，那樣我的名聲就壞了。」

傅華笑說：「想不到呂先生還有這種忌諱啊，那我這頓飯可以吃得心安一點了，起碼我成全了您的好名聲。」

呂鑫笑了起來，說：「本來就是輸給你的，不用找理由你也可以吃得心安理得。來，我給你介紹，這是我一位好朋友，香港東創實業公司的董事長喬玉甄女士。她今天正好過來看我，聽我說要請傅先生，她說跟傅先生有些淵源，想見見傅先生，我就把她帶過來了。」

喬玉甄笑著伸出手來，說：「傅先生，你好，很高興能跟你見面。」

傅華跟喬玉甄握了手，納悶的說：

「喬小姐，你好，你說跟我有些淵源，不知道這是什麼意思？我腦海裏可是對你一點印象都沒有啊。」

喬玉甄笑笑說：「這個我先賣個關子吧，等一會我們坐下來，我再跟你細聊。」

呂鑫又向喬玉甄介紹了丁益和伍權。彼此都認識之後，分賓主坐了下來。菜肴陸續上來，是清代皇室的宴會菜色，北京烤鴨更是一絕，剝開烤鴨酥脆的外皮，滾熱的湯汁流出，看了都讓人直流口水。

第六章

有眼不識泰山

賈昊不禁説道：「你真是有眼不識泰山啊。你知道當初是誰讓這個女人來找我的？」

傅華説：「誰啊？」

賈昊説了一個名字，對國內政治感興趣的人都知道這個人是誰。

這個人出面跟賈昊打招呼，賈昊哪裏敢拒絕啊。

吃喝一會兒後，傅華忍不住看著喬玉甄，說：「喬小姐，你現在可以告訴我，我們究竟有什麼淵源了嗎？」

喬玉甄笑了起來，說：「一看傅先生就是一個直爽的人，心中壓不住事，這大概也是東海人的一種性格特徵吧。」

傅華有些不好意思地說：「東海人確實是這個樣子，看來你對我們東海省很瞭解啊。」

喬玉甄笑說：「我怎麼會不瞭解呢，我家裏就有一個道地的東海人啊。傅先生，論起來，我們應該算是老鄉。」

傅華愣了一下，沒想到眼前這個混血女人居然是東海人，便說：「不知道哪位尊親是從東海出去的？」

喬玉甄說：「家父是東海齊州人，很早就去香港發展。」

傅華立即在腦海中過濾著東海省在國外姓喬的商業成功人士，卻想不出半個人來。

喬玉甄注意到傅華一副困惑的表情，笑笑說：「傅先生不用想了，家父在香港生意做得並不成功，你應該不知道他的。」

傅華笑說：「喬小姐真是聰明，竟然能猜到我在想什麼。」

喬玉甄說：「這很簡單啊，我知道內地官員有一個很重要的任務就是招商引資，你們駐京辦任務更重，心中肯定有一份背熟了的海外成功人士的名單。我一提是東海齊州人，你第一個反應就是把東海省在香港的成功人士名單過濾一下，看看能不能跟某人對上號，然後就能猜出我父親是誰了。我說的沒錯吧，傅先生？」

傅華稱讚說：「想不到喬小姐不但人聰明，還對內地的情形這麼瞭解。」

喬玉甄笑笑說：「我是商人嘛，如果不對各方形勢多瞭解一些，怎麼賺錢啊？」

傅華點點頭，說：「這倒是。喬小姐，你的母親應該不是中國人吧？」

喬玉甄回說：「被傅先生看出來了，我母親是英國人，我是中英混血。」

傅華笑說：「難怪我覺得你身上有白種人的氣質。」

喬玉甄開玩笑說：「傅先生，你不夠老實啊，第一次見面就把人家看得那麼仔細。」

傅華被說得有點尷尬，趕忙解釋道：「這你可是錯怪我了，是你的氣質外貌跟中國人很不一樣，自然會讓人多看上幾眼的。」

這時，呂鑫插話說：「傅先生不用這麼不好意思，男人看到出眾的女人自然會多注意一些，這是男人的天性。」

傅華笑笑說：「這倒是。」

喬玉甄說：「現在老鄉認完了，今後有一段時間我會在北京發展，以後就要請傅先生多多關照了。」

傅華搖搖頭說：「關照談不上，我只不過是個地級市派駐到北京的駐京辦主任，而喬小姐，你跟呂先生都能做上朋友，生意一定做得很大，我不知道能拿什麼關照你啊。」

因爲呂鑫的背景複雜，同類相吸，喬玉甄既然是呂鑫的朋友，恐怕也非善男信女，傅華本能的對這個喬玉甄有些排斥。

喬玉甄笑了笑說：「傅先生客氣了，就是交個朋友而已，不一定非要有什麼利益上的往來。誒，說到朋友，我還有一個朋友跟傅先生很熟呢。」

傅華詫異地說：「誰啊？」

喬玉甄說：「賈昊賈行長，有一次我跟他聊到我是東海人，他就說他一個小師弟也是東海的，在海川駐京辦當主任，我這才知道傅先生的名字。今天正好聽到呂先生要請傅先生，我就讓他帶我來了。」

傅華恍然大悟說：「原來是這樣啊，你跟我師兄是怎麼認識的啊？」

喬玉甄笑笑說：「我在北京運作了一個項目，資金周轉暫時遇到了困難，有朋友介紹我認識賈行長，賈行長就幫我安排了貸款融資，我們就是這麼認識的。」

喬玉甄說得很輕鬆隨意，但是傅華聽了卻是暗自心驚。賈昊的級別很高，能出面安排喬玉甄跟賈昊結識的人，一定不會是泛泛之輩。而聽喬玉甄說讓賈昊幫她安排貸款，好像是一件很容易的事，更加說明居中介紹的人權力很大。

這個喬玉甄一方面跟呂鑫很熟，另一方面又能調動賈昊爲她做事，似乎跟大陸官方高層走得很近，她能夠跟兩方不搭界的勢力關係都這麼好，一定不是個簡單的人物。可是爲什麼自己從來沒聽說過香港有這號人物呢？

香港的幾大財團傅華幾乎是如數家珍，他從沒聽說過東創實業公司，更沒聽說過喬玉甄這號人物，她是從哪裡冒出來的？難道說她玩的是空手道，是個騙子？

傅華馬上否定了這個想法，且不說他師兄賈昊是個精明過人的人，絕不會相信一個騙子，給騙子安排貸款的；就說呂鑫吧，呂鑫也算是在江湖上打滾多年的人物，喬玉甄想要騙他根本就不可能。再者，呂鑫的根據地在香港，對這個什麼東創實業一定知根知底。衝著這一點，傅華可以判斷出喬玉甄肯定是有真材實料。

不過這個女人身上籠罩著諸多的謎團，傅華一時之間也難看清楚她的真面目，只是在心中暗自對這個女人畫下了一個記號，並把她跟呂鑫一樣，歸在儘量少往來的名單之中。

傅華佩服說：「喬小姐了不起啊，我師兄那種人可是很難調動得起來的，你能調動他，能力一定很強。」

喬玉甄笑了起來，說：「傅先生，我沒你說的那麼誇張，我也就是借勢而已。要調動一個人的方法很多，你應該知道著名科學家阿基米德的那句名言吧？」

傅華說：「給我一個支點，我就能舉起地球。」

喬玉甄點點頭說：「對，就是這句話，我個人認爲只要找到一個合適的支點，沒有什麼人你是調不動的，賈行長也不例外啊。跟你說句實話吧，我找賈行長也是朋友事先打了招呼而已，沒費什麼勁的。」

呂鑫在一旁說：「這個我可以幫喬小姐證明，她有這樣的朋友，而且還不止一個。」

傅華笑說：「那我就更佩服喬小姐了，你的朋友肯定是我師兄賈昊不敢拒絕的人。」

喬玉甄得意地說：「那當然啦，不然的話，我也不會讓他出面的。」

雖然喬玉甄顯露出她的實力很強，呂鑫對這一點也加以證明了，但是傅華並沒有把喬玉甄當回事，有時候如果一個人的層級太高或者能力太強，會給人一種距離感，好像這個人不屬於你的世界一樣。

再說，傅華並沒有什麼需要跟喬玉甄打交道的地方，也不想跟喬玉甄有進一步的往來，因此吃完呂鑫請的那頓飯之後，傅華就把喬玉甄給忘到腦後去了。

轉天，傅華正在辦公室看公文，是總結這段時間消防檢查的工作成績，這種公文雖然對駐京辦關係不大，但是這種官方公文向來是不會遺漏任何一個單位，駐京辦自然也收到了。

裏面的內容大多流於形式，充滿空話，是典型的八股文章，傅華掃了幾眼，看看沒有什麼特別的，就扔到一邊去了。

這時他的手機響了起來，是賈昊的電話。

「師兄啊，找我有事啊？」

賈昊笑說：「小師弟，你不夠意思啊，去安縵頤和吃飯也不叫上我？」

傅華聽了，笑說：「那是一個香港來的朋友請客，咦，你怎麼知道的？」

賈昊說：「剛才喬玉甄來我這裏辦事說起來的。她說那天跟你吃飯吃得很開心，大美女很賞識你喔。」

傅華對此倒不十分在意，他又不想跟喬玉甄打什麼交道，也就無所謂喬玉甄對他的印象如何了。

傅華說：「師兄，你打電話來，不會是專門說這件事的吧？」

賈昊愣了一下，說：「小師弟，你怎麼聽我說大美女賞識你，一點都不感到興奮啊？」

傅華笑了起來，說：「因爲前段時間的豔照風波，鄭莉正跟我鬧冷戰呢，吃一塹長一智，我哪還敢招惹這些女人啊。現在對我來說，越是漂亮的女人越是有毒，避之唯恐不及啊。」

賈昊笑說：「我又不是要你跟喬玉甄在那方面發展。」

傅華不解地問：「那師兄你是什麼意思啊？」

賈昊說：「鬧了半天，你根本不知道這個喬玉甄的背景和實力啊？」

傅華說：「我會認識她，也就是那位香港朋友介紹的，至於背景，她自己說她父親是東海人，母親是英國人，跟我算是老鄉，其他的我就不知道了。」

賈昊不禁說道：「你真是有眼不識泰山啊。你知道當初是誰讓這個女人來找我的？」

傅華說：「誰啊？」

賈昊說了一個名字，這個名字很少見諸報端，但是如果對國內政治感興趣的人都知道這個人是誰。傅華也知道這個人，曉得他是某重要部門的核心人物。這個人出面跟賈昊打招呼，賈昊哪裏敢拒絕啊。

傅華感覺喬玉甄身上的神秘色彩更濃了，連這種不公開露面的高層都能調動的起來，這個女人的人脈真是非同小可啊。

傅華慨嘆說：「這個女人來歷還真是不簡單啊，師兄，爲什麼以前我從來沒聽說過這一號人物呢？」

傅華也算是在北京待了一段時間，接觸交往的都是社會精英人士，像喬玉甄這種能力超強的人，即使沒見過面，起碼也該聞名才對，但是這個喬玉甄就好像是憑空蹦出來的一樣。傅華有些懷疑她是呂鑫用來洗錢的工具。

賈昊笑說：「這不奇怪啊，這個女人以前都是在香港一帶活動。小師弟，這個女人你要好好交往，就我跟她聊天的過程中，她談到的相熟的高層就不下十位，都是位高權重的人物，如果你得到她的歡心，她一定能讓你駐京辦的業務更上一層樓的。」

傅華打趣說：「師兄不會是想要我出賣色相吧？」

「去去！」賈昊笑罵說：「我跟你說正事呢，你卻沒個正經。喬玉甄是一個很有素養的女人，可不是你想出賣色相，人家就會接受的。」

傅華卻說：「師兄，你不要被表面的東西給迷惑了，搞不好這個喬玉甄根本不是你想的那樣。」

「你是什麼意思啊，你覺得她有問題？別傻了，別的不說，就衝著某某人，她也不會有問題的。」賈昊不以為然地說。

傅華取笑說：「師兄，你一向是很聰明的一個人，怎麼看喬玉甄就看不透呢？你不會是被她的美色給迷住了吧？」

賈昊斥道：「別瞎說！她是某某人介紹來的，我哪有膽量敢染指啊？」

傅華笑說：「我還以為你們男未娶女未嫁，可以湊成一對呢。」

賈昊駁斥說：「去你的吧，娶老婆哪能找這種背景複雜的女人，那我是娶老婆還是娶了一個祖宗回來啊？這種女人我根本就不往那方面去想的。」

傅華笑笑說：「你知道她背景複雜就好，她的問題就在背景複雜這上面。你想想，她怎麼會結交到那麼多高層？是通過什麼方式跟這些高層建立起聯繫的呢？」

賈昊說：「這要怎麼去想啊？人家可能有人家的本事吧。」

傅華說：「要想也很簡單，無外乎兩種可能。一是這女人是依靠家庭或者親人的關係跟這些高層產生聯繫的。但是如果是這樣，我們師兄弟也算是消息靈通了，就應該知道她的來歷是什麼。可是我們對此卻一點線索都沒有，除非……」

「除非什麼？」賈昊問。

傅華語帶玄機地說：「除非喬玉甄是靠自身實力竄起來的，否則就是我說的另外一種可能了。」

賈昊說：「自身實力？哪有可能啊，她實力再強，也不可能短時間內就跟這麼多高層建立起關係來。」

傅華笑笑說：「師兄，能不能你自己想吧，我還有事，就不跟你聊了。」

賈昊不滿地說：「你這人真是的，話說半截，讓我自己去解這個悶葫蘆?!你就直接告訴我是怎麼一回事不行啊？」

「我相信以師兄的聰明，肯定會想出答案的。行了，我掛了。」傅華仍是沒有揭曉謎底。

傅華掛了電話，他大致猜出喬玉甄的來歷了。賈昊說的沒錯，一個人實力再強，也不可能短時間內就跟那麼多高層建立起關係來；但是賈昊忽略了一點，喬玉甄是女人，還是一個頗有姿色的女人，跟領導建立關係方面，男人也許不行，女人就不一定了。這個女人具有先天的本錢，只要她願意把她天生的本錢當做支點，估計沒有她動不了的領導。

海川市市委大樓，金達的辦公室。

金達和孫守義正對坐著說話，他們正在聊海川市空出來的兩位副市長位子的事。

孫守義說：「書記，您看我們是不是找省委要求一下儘快安排人接任，不然市政府一下子缺了兩個人，人手不夠用啊。」

金達說：「我也是這麼覺得，省委是應該儘快安排人接任這兩個位置。」

孫守義建議說：「要不您跑一趟齊州，找找呂紀書記，跟他要求一下。我看最好是能從海川市就地提拔兩位同志接任，這樣我們海川的幹部也能跟著動一動。」

金達未嘗不是這麼想，如果省委同意在本地幹部中提拔兩位副市長，下面的幹部就有機會往上升，他們會認爲他這個市委書記很有能力。

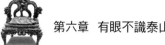

同時，如果能把用人這盤棋走活了，也會形成一種向心力，會讓整個海川政壇都圍繞著他轉起來，他這個市委書記的核心作用才會真正顯現出來。衝著這一點，金達也想儘量能從海川下面的幹部中找出合適的人選。

金達把有可能接任的官員在心裏掂量了一遍，並沒有發現那種出類拔萃、讓人眼前一亮的人。特別是常務副市長的位置很重要，海川這樣的經濟大市需要一個有能力的人來出任。這個人需要能力出眾，有一定的政績，放眼海川市，有這種能力出任常務副市長的人還真是找不出來。

金達很看重這個位置，他希望能用上自己的人。如果常務副市長跟他是一個陣營的，他就可以利用常務副市長掌控住海川市政府的動向，挾制市長孫守義，全面掌控海川政壇。

孫守義是個有野心的人，雖然兩人現在相處還算和諧，但難保孫守義在掌控市政府後，會不會架空他這個市委書記。

不管怎樣，從外面派來也好，本地提拔也好，最好及早跟呂紀協調一下，於是金達就動了去齊州見呂紀的念頭。

最近金達有些不太好意思去見呂紀，「紅豔后」大火讓東海省受到十分嚴厲的批評，搞得灰頭土臉的，金達對自己一接任市委書記就鬧出這麼大的事故，心裏也很羞愧，覺得是牽累了呂紀，因此不太願意去跟呂紀見面。

不過現在情形不同，為了能全面掌控海川市，這個面不情願見也是要見的。

金達便說：「行啊，老孫，我就去見見呂紀書記，儘量爭取吧。」

金達笑了笑說：「那行啊，老孫，我就去見見呂紀書記，儘量爭取一下吧。」

金達就跟呂紀約了見面時間，然後去了齊州，呂紀在辦公室見了他。

一見面，呂紀就說：「怎麼樣，秀才，接任市委書記的這段時間，感覺如何啊？」

金達苦笑了一下說：「感覺很不好，戰戰兢兢，如履薄冰，特別是『紅豔后』大火那段日子，對我來說簡直就是一種煎熬。呂書記，真是對不起，出了那麼大的事故，讓省裏跟著我們海川蒙羞了。」

呂紀卻沒有責備金達，說：「這種事無需說對不起的，你又不是故意的。秀才啊，你要知道一點，政壇往往是風雲莫測的，工作中發生事故這種事很難避免，就算是『紅豔后』這次不發生火災，別的地方也有可能會發生事故。既然發生了，也沒別的辦法，只有硬熬過去。」

金達愧疚地說：「謝謝您這麼諒解我。」

呂紀笑笑說：「這本來就是無心之失，你剛接任市委書記不久就發生這種事，算你運氣不好。秀才啊，你今天專門跑來找我幹嘛，是不是爲了那兩個空出來的副市長位子啊？」

金達點點頭說：「是啊，今天孫市長跟我說起這件事，說市政府一下少了兩名副市長，人手不夠，想說省委能不能儘快安排人接任。」

呂紀聽了說：「這個孫守義比你會來事啊，這種事讓你來說，比他自己找來合適的多。秀才，你現在跟他搭檔的怎麼樣啊？」

金達說：「挺好的，尤其是在這次火災的處理過程中，我們算是齊心合力，共度難關。」

「人在遭遇困難的時候自然是會齊心協力了，只是不知道困難過後會不會繼續保持這種狀態，我希望你們能將這一點保持下去。秀才啊，孫守義有中央部委背景，能把他用好了，對你將來也是很有助力的。」呂紀提醒說。

金達點了點頭，說：「我明白，書記。」

呂紀又說：「既然你找過來了，就談談你在這兩個副市長人選方面的看法吧。」

金達說：「我當然是希望省委能從海川現在的幹部中提拔兩個人出來擔任副市長，這樣海川市的幹部就可以活動起來。如果省裏派人下去，下面的幹部也就失去一次上升的機會了。」

呂紀笑說：「行啊秀才，你倒挺進入狀況的。當上海川市一把手才幾天啊，就開始從這個小圈子的立場上考慮人員的配置了。」

金達不好意思地說：「這個問題我不得不考慮，海川市也有一段時間沒從下面提拔幹部上來了，如果這次還無法讓下面的幹部得到機會，他們會有怨氣的。」

呂紀說：「這點省委也不是沒考慮過，不過，選任幹部是要選賢任能的，你們現有的幹部中，似乎找不出一個能夠擔當得起常務副市長職務的人啊，要不，你推薦一個人選，我看看合不合適？」

呂紀這是把選任常務副市長的機會給了金達，金達自然不肯放過這個機會，他在來的路上已經考慮了幾個人選，於是就選了其中一個最有可能的人，把名字告訴了呂紀。

金達說的這個人，叫做李天良，是雲泰公路項目其中一段泰河市的市委書記。這幾年泰河市在李天良的領導下，發展的還算可以，政績勉強能拿出手。加上李天良跟金達的私交很好，金達覺得推薦他出任很合適。

呂紀卻不認同，說：「李天良省委考慮過了，這個人是沒什麼毛病可以挑，但是他的能力並不出色，並不適任，我很難說服其他常委。」

金達又說了一個人的名字，呂紀還是搖搖頭，說這個人也不合適。至此金達想的人選都講了出來，其他幹部比這兩人更弱，呂紀根本就不會接受，所以他連說都沒說。

呂紀看了看金達，說：「秀才啊，如果僅僅是我來決定人選，我可能就支持你說的那個李天良了，不過，這要經過省委常委們的討論才能決定，李天良肯定過不了關的。看來海川市並沒有合適的人選，你不妨把視線放到海川之外去。我心目中倒是有一個人選，這個人還曾經在省政府跟你同過事，不知道你認爲你們倆繼續做同事會怎麼樣呢？」

金達好奇地說：「您說誰啊？」

呂紀說：「曲志霞，你應該記得她吧，她不是跟你同過事嗎？我記得那時候你們的關係還不錯。」

呂紀說的這個曲志霞，現在是東海省財政廳的副廳長，是個很幹練的女幹部。跟金達一起在省政府做過政策研究工作。

曲志霞比金達早離開省政府，她是因為一些特殊政策被火速提拔的。這個所謂的特殊政策，就是那時候東海省政壇正流行「無知少女」的政策。

所謂的「無知少女」，「無」是指無黨派人士，「知」是指知識分子，「少」是指少數民族，「女」是指女性。當時東海省委在遴選、提拔幹部時，對具有以上身分的人會給予一定的優先考慮，甚至有些職位會為具有以上身分的人作保留。

曲志霞就是在這個政策的東風下，占了知識分子和女性兩個方面，從而扶搖直上，直接被調到省財政廳做處長，工作了一段不長的時間後，又讓她出任省財政廳的副廳長。

不過，曲志霞也並不僅僅是因為「無知少女」這個隱形政策才做到財政廳副廳長的，她本身也有很強的能力。金達跟她同事的時候，就領教過這個女人強悍的工作作風，同時她處事的手法又有女性圓滑的一面，這方面連金達都自嘆不如。

這個女人出任常務副市長倒是一個很合適的人選，金達跟她同事的時候，關係處得還不錯，因此心中也接受呂紀讓她來做這個常務副市長。

金達便說：「還是您慧眼識人，曲志霞確實能夠擔得起常務副市長的擔子。」

呂紀笑笑說：「我也是這麼認爲，應該說，曲志霞比你們海川那些幹部都適合這個位置。最重要的一點，是她跟你關係很好，她去了海川，會對你有很大的幫助的。」

看來呂紀已經開始在爲他做卡位的動作了，金達便點了點頭。

呂紀接著說道：「至於副市長的位置，要不就讓李天良來做吧，既然你看好他的話。」讓下面縣級市的市委書記去做一個非常務的副市長，級別上雖然是升了，但是多少有些委屈。因爲通常來說，縣級市的市委書記進到市裏，應該可以做常務副市長。而且泰河市算是一個發展不錯的縣市，李天良估計不會願意放棄市委書記職務，成爲一個非常務的副市長的。

不過呂紀既然開口了，金達也不好講什麼，只好點點頭表示贊同。

至此，金達來找呂紀的目的基本上達到了，結果也還算滿意，李天良跟曲志霞聯手，一定會幫他制約住孫守義，這對金達來說算是很有利的。

講完這件事，呂紀看著金達說：「秀才啊，你接下來面臨的工作就是人大選舉孫守義成爲正式市長了，怎麼樣，你有信心能開好這場人代會嗎？」

金達重重地點了點頭說：「您放心，我有信心能搞好這次的選舉，確保孫守義代市長能夠正式當選。」

呂紀神情嚴肅地說：「我跟你說，秀才，這場人代會選舉將是重中之重，關係到你這個市委書記能否全面掌控海川市政壇的問題，你務必要確保萬無一失才行啊。一旦失敗，不但孫守義的市長當不成，省委也會對你的能力大打折扣的。希望你們能夠再次拿出齊心協力共度難關的合作精神，確保你們倆人都能過關。」

金達保證說：「您就放心吧，我和守義同志一定會打好這一仗的。」

呂紀卻說：「秀才啊，老實說我很不放心。你是個從沒主持過選舉的新手，叫我怎麼能放得下這個心呢？你對海川市的情形比孫守義熟悉，可能的話，你要多幫他協調一下跟當地同志的關係，知道嗎？」

金達有點酸溜溜的不是滋味，心說：你也太小看孫守義了，這傢伙早就拼命地去接觸海川一些本土政商兩界的有力人士了，尤其是束濤和孟森這些人，跟當地同志的關係比我都好，根本就不用我出面幫他協調什麼。

不過金達不願意在呂紀面前說出這一點，那樣只會讓呂紀覺得孫守義比他能力更強，於是笑了笑說：「我知道的，呂書記。」

金達從齊州回來，告訴孫守義他找呂紀談的結果。

「老孫，恐怕不能照我們預想的那樣了。呂書記說省委認爲海川現有的幹部中並沒有適合擔任常務副市長的人選，所以可能會從外面選任。」

金達沒有提及李天良的事。李天良跟他關係很好，他擔心說了，會讓孫守義覺得是他在背後搞鬼，不如裝不知道。而且副市長的人選也還在考察當中，沒有定局，現在就說出李天良來並不合適。

金達沒再多說，孫守義匆忙間也就沒往下追問，這件事暫時就擱下來了。

過兩天，孫守義去齊州開會，會議結束後，他沒有直接回海川，而是去了省委組織部，他想去見組織部的白部長，瞭解一下省委對空出來的兩位副市長要怎麼安排。

孫守義雖然在金達面前沒有顯露出他對這兩個副市長人選的關切，但是這兩個人將來會影響到他在海川市的施政，對市政府來說是很重要的角色，他怎麼能不關切呢？

省委組織部的白部長曾經做過一段時間沈佳父親的下屬，跟沈佳的父親一直保持著聯繫，因爲有這層關係，白部長跟孫守義的關係也不錯。

進了白部長的辦公室，孫守義打招呼說：「我來省裏開會，順便來看看部長。」

白部長笑說：「坐吧，守義同志。你的老岳父現在身體還好吧？」

孫守義坐了下來，說：「挺好的，他退休下來，成天沒事，就跟一幫朋友在一起玩，挺悠哉的。」

「那就好，退休了是該享點清福，」白部長看了看孫守義，說：「守義同志，你是爲你們市裏的兩位副市長來的吧？」

孫守義笑笑說：「是的部長，現在一下少了兩位副市長，已經影響到了海川市政府的正常運轉了，我想來看看省委對此做了什麼安排。」

白部長說：「守義同志啊，如何安排可是組織上的事，你不應該過問的。」

孫守義暗自好笑，他可是在組織部門工作過的，曉得組織部的人就是愛拿出一副遵守紀律的模樣，實際上卻根本不是這麼回事，哪一次的人事安排不是事先早就洩露出去了？他們只不過是愛裝腔作勢，好突顯他們掌握資訊的重要性而已。

孫守義便笑笑說：「部長，我不是要過問組織上怎麼安排，只是想私下跟您瞭解一下進度而已。我現在這個代市長缺人用，可是有點左支右絀啊。」

白部長回說：「組織上已經有人選了，正在考察階段。」

孫守義哦了一聲，試探說：「不知道省委看中哪兩位同志啊？」

白部長透露說：「這兩位你都認識，一位是省財政廳的曲志霞副廳長，一位是你們泰河市市委書記李天良同志。我跟你說，守義同志，這兩位同志還沒有確定就是最終人選，你可不要出去瞎說啊。」

孫守義點點頭說：「部長放心，我知道規矩的。」

兩人又聊了一會兒，孫守義便告辭離開了。

出了省委組織部，孫守義的臉色沉了下來，他對白部長告訴他的這兩個人選很有意見，讓他很是鬧心。

這兩人他都認識，也都知道背景。兩個人都跟金達關係相當不錯，他們一起出任副市長，這絕不是巧合，一定是金達做了某些運作才會這樣的。

孫守義在心中罵了一句娘，金達你真夠差勁的，我這個市長還沒轉正呢，你就安插自己人卡位，幹嘛啊，你想把我架空啊？

孫守義開始倍感壓力，局面照這樣子發展下去，他這個市長想要有所作爲，一定會處處受制於金達的。看來他跟金達的博弈還沒正式開始，他就已經落入下風了。想不到金達這傢伙玩起陰謀來，也絲毫不是弱手。

孫守義不由得苦笑了一下，他很不希望局面往這個方向發展。但不希望歸不希望，孫守義也無法改變這個現狀，副市級幹部的任用權在省委手裏，也就是掌握在省委書記呂紀手中。呂紀要用這個權力爲他的子弟兵鋪好仕途的路，他只能眼睜睜看著，別無他法。

回到海川後，天已經黑了，孫守義就去市政府的食堂。吃飯時，沈佳打電話來，說有事情要跟他談，問他說話方不方便。食堂的環境自然無法隨便講話，孫守義就說二十分鐘後再回撥，就掛了電話。

孫守義回到自己的住處，撥給沈佳，問沈佳有什麼事。

沈佳說：「你今天去白部長那裏了是吧？」

孫守義說：「是啊，是白部長打電話給你？」

沈佳說：「他沒打給我，是打給我爸，解釋了組織部要用那兩人做海川副市長的事，他說用那兩人是呂紀的意思，他這個組織部長不好干預。」

孫守義點點頭說：「這我知道，這兩人都跟金達關係很好，除了呂紀，不會是別人的安排。」

沈佳有點擔心地說：「守義，呂紀做這種安排，會不會對你不利啊？」

孫守義說：「呂紀安排這兩個人，是想利用這兩人來制約我，當然對我不利了。不過你也不用擔心，真正有能力的人是制不住的。」

沈佳笑說：「自信的男人最有魅力了，我就喜歡你這一點。不過，沒想到金達這麼陰險，表面上文質彬彬的，背地裏卻對你下刀子。」

孫守義理解地說：「這也怪不得金達，權力的博弈就是這樣子，餅就那麼大，你如果不想辦法多搶一點，那就只能吃虧了。換到我是金達，也會這麼做吧。」

沈佳聽了說：「那你準備怎麼對付這倆人啊?金達跟他們的關係那麼好，我想不出你能有什麼辦法對付他們。」

孫守義沈吟說：「我現在也想不出，不過，並不是跟金達熟，就一定會站在金達一邊的。我在想，是不是有辦法降服這兩人，讓他們爲我所用。」

沈佳想了想說：「恐怕很難吧，金達有呂紀的支持，處處比你佔優勢，這兩人沒有必要強勢的一方不支持，反而去支持處於弱勢的你。」

孫守義不以爲然地說：「政治上的強弱不斷在變化，是風雲莫測的，金達現在強，不代表永遠強；再說，畢竟我才是市政府一把手，很多事情的拍板權在我手裏，只要運用得當，我還是有很多辦法降服這倆人的。」

沈佳說：「你有這個信心是好的，不過也不能太輕視對手。聽那個白部長說，叫曲志霞的那個女人作風很強悍，恐怕夠你喝一壺的。」

孫守義笑笑說：「政壇上能成點氣候的女人沒有不強悍的，這裏就是一個弱肉強食的戰場，如果不夠強悍，早就被人吃掉了。那個女人我瞭解，最早還是金達介紹我們認識的，能力確實很強，不可小覷。不過，是人就一定會有弱點，我相信我會找到辦法對付她的。」

沈佳開玩笑說：「是啊，你對付女人總是有辦法的。」

孫守義有點尷尬，覺得沈佳是針對他和林姍姍的那段往事意有所指，就告饒說：「小佳，我知道是我不對，你就別再提我的糗事了吧？」

沈佳笑說：「你別害怕，我是就事論事，順口說說而已。說起女人，前幾天我跟老爺子聊天，老爺子說讓我把你看緊一點，還問我是不是考慮去海川工作。守義，你說我要怎麼辦呢，你想不想讓我去海川工作啊？」

孫守義愣了一下神，沒想到趙老背後竟然跟沈佳說這些，顯見趙老也擔心沈佳長期不在他身邊，他會出點什麼事。孫守義自然不想沈佳來海川，他跟劉麗華打得正火熱，如果沈佳來海川，他跟劉麗華聚會就會很不方便了。

但是孫守義不能拒絕沈佳，那樣沈佳會起疑心，就笑笑說：「你問我，我當然是想你過來啦，不過這種事你別光問我，重點是你自己怎麼想的，我可不想你為了我勉強自己。」

沈佳考慮了一下說：「我還是比較喜歡待在北京，再說，我如果過去，孩子也要跟著過去，海川的教育條件不如北京，我擔心誤了孩子的學習，所以我不是很想過去海川。」

沈佳這麼說，正中孫守義下懷，他不好露出高興的口吻，便半開玩笑地說：「小佳，你就不怕你不在我身邊，我真的出點什麼問題？」

沈佳豁達地說：「怕有什麼用啊，男人靠管是管不住的，我就是在你身邊，你想要出問題不還是可以出問題嗎？」

孫守義有點後悔跟沈佳開這個玩笑，不敢再把這個話題深入下去，怕又會勾起沈佳對林姍姍的記憶。便轉了話題說：「謝謝你這麼信任我，小佳，我一定不會辜負你的信賴的。誒，你知不知道傅華那兩口子現在怎麼樣了？」

見孫守義問起傅華和鄭莉，沈佳嘆說：「那兩口子前景可是有點不太妙。前段時間傅華搬回去，我們這些朋友還以爲他們夫妻會和好的，沒想到前陣子傅華又搬了出來，鄭莉好像還是無法原諒傅華，兩人住一起，鄭莉對傅華也是愛理不理的。」

孫守義爲傅華抱屈說：「那件事傅華真是很冤枉，鄭莉那麼聰明的人應該能看透啊，怎麼還是這麼不依不饒的啊？再這樣子下去，恐怕他們夫妻真的是要散伙了。小佳，有時候你也幫忙勸勸鄭莉吧。」

沈佳無奈地說：「這個我也勸過鄭莉，可是她根本就不聽，我感覺她似乎有點產後憂鬱的症狀，所以始終無法從那件事中走出來。傅華是個很有辦法的人，連他都無法勸得動鄭莉回頭，我就更沒招了。」

孫守義嘆說：「這倒也是，夫妻間的事，別人是很難插得進手的。」

第七章

撲朔迷離

喬玉甄對內地這麼熟悉，讓傅華對喬玉甄的印象有所改觀，
更覺得這個女人的背景撲朔迷離，加上她交往的人，
更是給人一種惹不起的感覺，傅華就更不想跟這個女人打交道了。
因此席間，傅華對喬玉甄就刻意保持著距離。

孫守義和沈佳談論傅華和鄭莉的時候，這對夫妻倒並不像他們想的那樣鬧得很僵，相反，他們相處得好像頗爲融洽。

鄭老上午打電話跟鄭莉說他想傅瑾，非讓鄭莉和傅華帶傅瑾一起回去看他。鄭莉無法反對，就只好約了傅華一起回鄭老家。

傅華從笙篁雅舍搬出來，倒是讓鄭莉對他的態度好了不少，看到他還笑了笑。不過，傅華仍不敢有太多的想法，他已經不奢望鄭莉還能回心轉意了。

晚飯就在鄭老家吃的，飯桌上，鄭莉跟傅華陪著鄭老夫妻一起逗弄傅瑾，十分開心。傅華注意到，談話中幾次他拿鄭莉開玩笑，鄭莉神情沒有什麼反感的表示，相反還笑得很開心。

吃完飯，傅華送鄭莉和傅瑾回去，到了笙篁雅舍，傅華將鄭莉和傅瑾送進電梯，就轉身往外走。

鄭莉從後面叫住了他，說：「傅華，我看你身上穿的衣服有點單薄，天涼了，多穿點。」

傅華愣了一下，回頭看了鄭莉一眼，不知道鄭莉這是單純的關心他，還是在傳遞一個想要跟他和好的信號，他想說點什麼，一時卻也不知道該說什麼，只好衝著鄭莉笑了笑，然後就走出去了。

上車後，傅華才有點回過神來，不管鄭莉是什麼意思，今天的情形似乎顯示他和鄭莉的關係在往好的方向發展。

看來人和人之間是需要有點距離才會產生美感，也許他之前真的逼鄭莉逼得太緊，鄭莉被他逼到一個沒有轉圜的境地，從而才對他心生反感。

女人的心理真是難以捉摸，傅華搖了搖頭，越發感覺他跟鄭莉的未來是個未知數。儘管他希望向好的地方發展，但有時候現實卻往往事與願違。

轉天，蘇南打電話來約傅華吃飯，就約在曉菲的四合院，說有點事想要傅華幫忙。

到了四合院，蘇南罕見的先到了。

「最近過得怎麼樣啊，傅華？」蘇南問候道。

「還是那樣子，南哥，找我有什麼事啊？」

蘇南笑笑說：「先坐下再說吧。」

這時曉菲走了進來，看了看傅華，說：「你最近消瘦了很多啊，是不是跟老婆還沒和好啊？」

傅華嘆道：「還沒，女人心海底針，真是讓我們男人沒辦法琢磨啊。」

曉菲笑說：「你那是活該。誒，南哥跟你說了嗎，他要去東海省做項目了。」

傅華對蘇南會拿到東海省的項目一點也不意外，鄧子峰現在順利的在東海站穩腳跟，鄧子峰是蘇南父親蘇老這一系最新崛起的政治新星，他提攜一下蘇南，也是很正常的。

傅華笑說：「還沒說，南哥，你找我來就是爲了這件事嗎？」

蘇南點點頭，說：「是啊，齊東市要新建一個機場，我想參與投標。」

齊東市是位於齊州東面的一個地級城市，最近發展的不錯，呈現一個崛起的態勢，建新機場也是爲了服務城市經濟的一大舉措。振東集團這些年業務一直呈現萎縮的狀態，現在鄧子峰出任東海省省長，蘇南便想借助鄧子峰的影響，讓公司敗部復活。

傅華聽了說：「南哥要參與，一定會馬到成功的，先恭喜你了。」

蘇南笑說：「傅華，你先別急著恭喜我，還需要參加競標才有可能拿到項目，因此我想你能幫幫我。」

傅華說：「南哥，你這不是開玩笑嗎？我對機場建設一竅不通，要怎麼幫你啊？」

蘇南說：「我不需要你在機場建設方面幫我的忙，那方面我公司就有一批專家。你是東海本地人，對齊東市的情形肯定比我熟悉，我需要你幫我在這方面提供些情報。」

傅華不禁失笑說：「南哥，你放著現成的大佛不拜，卻來求我這個小鬼，你不覺得好笑嗎？」

在傅華的感覺，蘇南如果真想瞭解齊東市的情形，大可讓鄧子峰安排人向他介紹。鄧子峰甚至可以直接讓齊東市的市長跟蘇南接觸見面，蘇南實在沒有必要來找他幫這個忙的。

蘇南搖了搖頭，說：「傅華，你是覺得我應該去找鄧叔是吧？」

「是啊，鄧叔在東海省已經站穩腳跟了，他要幫你這個忙輕而易舉，你爲什麼不找他啊？」傅華不解地說。

蘇南卻說：「傅華，你怎麼一點政治敏感性都沒有啊？這種事我哪能去麻煩鄭叔，項目是我要爭取的，工作自然是我要去做，找鄧叔算是怎麼一回事啊。」

傅華想，也許是他把這件事想得太簡單了，鄧子峰雖然站穩了腳跟，卻無法承受一點的風浪，他如果出面幫蘇南拿下齊東機場項目，就等於把一個很大的把柄塞到對手手裏，對手自然不會放棄用這個把柄攻擊鄧子峰的。

但是傅華也不相信鄧子峰會一點都不幫蘇南，如果那樣的話，蘇南也不會重新燃起想要去競標齊東市機場的想法。作爲一個高層領導，只要他想，能夠幫忙別人的方式是很多的，就算從頭到尾都不出面，照樣能夠幫忙拿到項目。只要某人能讓人意識到他跟某高層領導有某種關係，通常就會享有一些特殊的便利。

傅華猜想蘇南也會這樣操作，他無需讓鄧子峰親自出面，只要營造出他跟鄧子峰關係親密的氛圍，齊東市就不得不對他另眼相看。這也是一種狐假虎威的借勢，而且在官場上的效應屢試不爽。

想到這裏，傅華不自覺的泛起一陣反感，就不太想參與這件事，便笑笑說：「南哥，這件事我恐怕也幫不上你什麼忙，雖然都是東海省，但是齊東市那邊我並不熟悉。」

蘇南說：「你先別急著拒絕我，我不是想要你幫我去拉關係找門路的，這次我也不想靠關係勝出。我找你，只是覺得畢竟你是東海省的官員，熟悉東海省競標的操作方式，想讓你幫我參謀一下方案，看看是不是符合東海省通常的做法。」

傅華剛想說些什麼，服務員走了進來，說：「蘇董，外面有一位小姐說要找您。要不要請她進來？」

蘇南愣了一下，說：「什麼樣的小姐啊？」

服務員說：「她說她姓喬，香港來的，這是她的名片。」

服務員將名片遞給蘇南，傅華看到名片上喬玉甄的名字，心中詫異蘇南竟也認識喬玉甄，這個女人還真是不簡單啊。

蘇南站了起來，笑著說：「原來是她，我去看看。」

蘇南打開了包廂門，走了出去，傅華在包廂裏聽到蘇南熱情的跟喬玉甄打招呼，說：「怎麼這麼巧啊？」

喬玉甄笑著說：「朋友跟我說這個四合院的菜做得不錯，今天正好走到這裏來，就想進來嘗嘗，結果在門口看到了蘇董的車，就過來跟您打聲招呼。」

兩人就在外面攀談起來。

包廂裏，傅華低聲問曉菲：「曉菲，你知道南哥是怎麼跟這個女人認識的嗎？」

曉菲往外面瞄了一眼，搖搖頭說：「我不清楚，這女人誰啊？看氣質倒還不錯。」

傅華說：「你不知道她嗎？她大概是最近北京最紅的一個女人了。光這幾天，我已經遇到或聽到不少朋友跟我提起這個女人了。」

曉菲頗不以爲然地說：「沒有哪個女人能做到北京最紅的女人的。這個女人還不知道是從哪裡蹦出來的呢。你說她紅，我怎麼連聽都沒聽過她的名字啊？」

傅華說：「我爲什麼覺得她紅，是因爲我師兄賈昊曾經跟我提起過她，說她是某某人介紹給他認識的。」

曉菲聽到這個名字也是一副吃驚的樣子，懷疑地說：「你這消息是假的吧，某某怎麼會爲一個女人出面啊？」

傅華搖搖頭，說：「肯定不假，我師兄不會在這件事上說謊的。」

曉菲詫異的說：「如果某某人真的爲她出面，那說明這個女人還真是有點背景，咦，爲什麼我從來沒聽說過她啊？我連北京地面上什麼時候多了這麼一號人物都不知道。」

傅華說：「這個女人確實很神秘，我認識她，還是香港一艘賭船的船東介紹的。」

曉菲訝異地說：「想不到這個女人還真是挺複雜的，跟香港賭業也有往來。」

傅華又說：「你沒看南哥剛才看到那個女人的名片馬上就迎了出去嗎，普通人南哥會這麼熱情嗎？」

曉菲看了一眼傅華，說：「傅華，說起南哥，你有沒有覺得最近他有點變了，以前他可是不會這麼去逢迎別人的，以前的南哥多傲氣啊，多少漂亮的女人圍著他都不理會的。我剛才看你對他似乎也有些冷淡的樣子。」

傅華心裏吃了一驚，這女人的直覺真是厲害，沒想到曉菲居然看出了自己對蘇南有意見。傅華不想承認，他不想跟蘇南把關係搞僵，畢竟蘇南還連著鄧子峰呢，以後他還有很多地方可能要用到蘇南的。他便笑笑說：

「曉菲，我沒有特別對南哥冷淡啊，可能是我最近的事情太多不順利，對什麼事情都打不起精神來，所以才讓你覺得我對他冷淡了。」

曉菲倒沒太在意傅華是不是真的對蘇南有了意見，她更關心傅華多一點，便說：「傅華，不是我說你，事情總會解決的，別給你自己太大的壓力了。哎，不說了，南哥帶著那個女人過來了。」

這時，蘇南帶著喬玉甄走進了包廂，傅華本來不想跟喬玉甄打招呼的，此刻喬玉甄進來，他避無所避，只好站了起來，說：「喬小姐，我們真是人生何處不相逢啊。」

喬玉甄也有些驚訝，跟傅華握了握手，說：「是啊，傅先生，我們真是有緣啊，才幾天就又見面了。怎麼，你跟蘇董是朋友？」

蘇南對喬玉甄認識傅華也感到有點驚訝，說：「我跟傅華是很久的朋友了，你們是怎麼認識的？」

喬玉甄笑笑說：「我跟傅先生是在一個朋友的酒宴上遇到的，論起來，我們還是東海省老鄉，就這麼認識了。其實我跟傅先生真是很有緣，前幾天我跟賈昊副行長聊天的時候，賈昊副行長也跟我談到他這個小師弟呢。」

傅華注意到喬玉甄刻意避免提及呂鑫的名字，不知道她是不想讓蘇南知道她跟香港賭業有關係，還是有別的原因。

傅華這時看到曉菲橫了他一眼，知道曉菲有點吃味了。女人的心理就是讓人搞不懂，曉菲跟他已經沒有那方面的往來了，但是一聽到別的女人對他有好感，還是會心生怨懟。

傅華趕忙對蘇南說：「南哥，趕緊向喬小姐介紹一下我們的老闆娘吧，不然她要不高興了。」

曉菲不滿地說：「誰要你們介紹，我不會自己來嗎？你好喬小姐，我叫曉菲，是這家四合院的老闆。」

喬玉甄笑著說：「我說這家四合院怎麼打理得這麼好呢？原來是有這麼一位漂亮又有氣質的老闆娘在啊。我真是很喜歡這裏的環境和氛圍，感覺就像是在自己家裏一樣。」

千穿萬穿，馬屁不穿，喬玉甄這麼一誇讚，曉菲臉上立即露出笑容說：「謝謝喬小姐的誇獎，你的感覺很對，我想營造的就是一種家的氛圍。既然喜歡這裏，以後就常來坐坐吧。」

喬玉甄示好地說：「不要叫我喬小姐，叫我喬玉甄或者玉甄好了，我就稱呼你曉菲，好不好？」

曉菲立即說：「好啊，玉甄。」

傅華不得不佩服喬玉甄的交際手腕，曉菲本來還對她有些敵意的，幾句話下來，兩人居然就像好姐妹一樣了。

蘇南笑笑說：「好了，我們大家坐下來聊吧，喬小姐是一個人來的，就讓她跟我們湊一桌吧。」

喬玉甄看了傅華一眼，說：「傅先生不會介意吧？」

傅華笑說：「我介意什麼啊，有這麼漂亮的小姐一起吃飯，也是一件賞心悅目的事啊。」

曉菲扁了一下嘴，帶著酸意說：「你們男人啊，見了漂亮女人骨頭就變輕了。」

喬玉甄別有意味的看了傅華和曉菲兩人一眼，似乎看出兩人關係有些特別，就笑了笑，沒再說什麼了。

曉菲也是聰明絕頂的人，看到喬玉甄的表情，知道她有點太著痕跡了，趕忙掩飾的拿起菜單，遞給喬玉甄說：「玉甄，你看一下，要吃點什麼？」

喬玉甄客氣地說：「我是撞上門來的，不要爲我再點什麼了，就按照你們原來的菜上就是了，我相信蘇董的眼光。」

因爲喬玉甄的加入，蘇南就不好再談齊東市機場的事，幾人聊起北京最近一些新聞。席間，蘇南向喬玉甄問起一位叫做文欣家的副市長的情況。

喬玉甄笑笑說：「文市長最近挺好的啊，他這幾天去美國考察了，說起來很有意思，他打電話給我，說美國這樣好那樣好的，被我開了幾句玩笑，說他這個心態不對，作爲北京的高官怎麼可以說美國好呢？應該要跟新聞裏一樣，說美國人民生活在水深火熱之中才行的。」

蘇南和傅華都被喬玉甄逗笑了，蘇南還指著喬玉甄說：「喬小姐，你真是太幽默了，居然跟文副市長開這種玩笑。」

傅華臉上笑著，心裏卻暗自驚訝。蘇南問起文欣家，顯然文欣家是兩人共同認識的一個人，更可能喬玉甄就是透過文欣家認識蘇南的。

文欣家是副市長中分管城建規劃的，在北京權位頗重，這樣一個副省級的高級領導，喬玉甄談起來就好像在說自己家人一樣，還可以輕鬆的開玩笑。單憑這一點，就讓人知道這個女人的能力有多大了。

另一方面，這個女人開的玩笑，是一則在大陸流傳很廣，調侃新聞的笑話，不是熟悉大陸國情的人根本就說不出來，而喬玉甄隨口說出，還用得恰到好處，這似乎有點不符合喬玉甄港商的身分。

傅華接觸過不少港商，這些港商們由於香港的經濟曾經比大陸好，心理上總有一種優越感，什麼事情動輒就是我們香港怎樣怎樣，很少談論大陸如何，也就更少人能像喬玉甄一樣這麼對內地熟悉的。

喬玉甄對內地這麼熟悉，傅華覺得只有兩種可能，一是喬玉甄從香港西進大陸，想打的就是政治牌，她想跟政界高層建立聯繫，所以事先做好了有關政治和國情的功課。

第二種可能，就是這個喬玉甄根本就不是香港人，她是在內地發達起來，之後移居香港，並且在香港開了公司。在香港登記註冊公司是很容易的，只要花上很少的錢就能辦出一家名頭聽上去很大的公司來。

這讓傅華對喬玉甄的印象有所改觀，更覺得這個女人的背景撲朔迷離，加上她交往的人，都是那種層級很高的領導，更是給人一種惹不起的感覺，傅華就更不想跟這個女人打交道了。因此席間，傅華對喬玉甄就刻意保持著距離。

喬玉甄察覺到這一點，端起酒杯對傅華說：「老鄉啊，你今天是怎麼了，怎麼一副不想理人的樣子啊？是不是對我有什麼不滿？」

傅華隨口說：「哪裡，我只是這幾天工作比較忙，有點累了。」

喬玉甄聽了說：「那就更需要喝點酒放鬆一下了，來，我敬你。」

傅華不好拒人於千里之外，只好跟喬玉甄碰了一下杯子，各自喝了一口。

放下杯子，喬玉甄說：「說起來你可能不相信，我雖然算是半個東海人，但是從來沒去過東海省，這是一個遺憾，我很想去東海省看看，不知道傅先生願不願意爲我製造這個機會啊？」

如果換成別人，傅華馬上就會高興的說當然願意了，但是對喬玉甄，傅華卻沒有絲毫的欣喜，他擔心這個女人帶來的不是什麼好事。就笑笑說：

「喬小姐真是愛說笑，據我所知，你的那些人脈關係，隨便就能幫你製造出機會的。再說，你父親的老家在齊州，跟我所在的海川市有一段距離，似乎你也不該讓我幫你製造這個機會啊？」

喬玉甄瞟了傅華一眼，眼神中有一種東西在蕩漾，連傅華這種自認爲穩重的人看到了都有些心動，他忽然明白爲什麼這個女人會讓人越看越覺得好看，原來是這個女人的眼神會說話，這樣的眼神，傅華相信沒有幾個男人能受得了不被誘惑的。

喬玉甄笑笑說：「看來傅先生對我倒是瞭解不少啊，我還以爲傅先生對我不感興趣呢，原來私下也沒少打聽我的情況啊。」

喬玉甄這麼說，讓傅華有點無法辯駁，他是知道了不少喬玉甄的情形，但都是他被動聽來的，不是主動打聽的。可是這些無法跟喬玉甄解釋清楚，反而還會越描越黑，倒不如什麼都不說。

喬玉甄接著說道：「我爲什麼想選擇去海川看看，而不是齊州，是因爲我覺得海川更美。雖然我沒去過東海，但是看過不少東海的風光影片，感覺好像海川更適合我。海川的環境也跟香港差不多，所以我更喜歡海川一點。」

不管喬玉甄如何解釋，傅華仍是不想去招惹她，便說：「其實喬小姐也不一定只去海川，東海省都可以走走的，齊州再不好也是你的家鄉，應該去看看的。」

喬玉甄說：「是啊，這麼說，傅先生願意陪我走一趟東海省了？」

傅華搖搖頭說：「那倒沒有，我有公務在身，走不開。不過，我倒是可以爲你推薦一個更合適的人。」

喬玉甄說：「誰啊？」

傅華笑笑說：「徐棟梁先生，我們東海省駐京辦的主任，這是他的業務範圍，他在東海省也比我這個市級的駐京辦主任更有權威性。怎麼樣，喬小姐，要不要我幫你約個時間見一下？」

喬玉甄的臉色變了一下，回絕說：「目前還是不要了，我最近的工作行程安排的也很滿，暫時可能無法抽身去東海。」

說完，喬玉甄就掉頭去跟蘇南聊天，直到酒宴結束，再也沒跟傅華講話了。

之後，蘇南先坐車離開了，喬玉甄禮貌性的跟傅華和曉菲說了聲再見，也開車走了。

見兩人離開了，曉菲說：「傅華，你今天改性啦？這麼漂亮的混血美女對你直抓亂上的，你卻拒人於千里之外，怎麼，你感覺這個女人有問題？」

傅華看了曉菲一眼，笑笑說：「曉菲，你也算是閱人無數的了，你怎麼看這個女人啊？」

曉菲笑罵說：「去你的，閱人無數用在女人身上可是罵人的話。」

傅華笑說：「行行，我說錯話了，我道歉，你就講一下你對喬玉甄的觀感吧。」

曉菲想了想說：「我覺得這個女人嘴很甜，放在交際場上應該是一把好手。」

傅華笑笑說：「你的意思是，她是一朵交際花了？」

曉菲遲疑說：「又不太像，這個女人氣質很好，身上看不出絲毫風塵味，你說她是交際花還真是不像。」

傅華卻說：「但我感覺她應該就是這一類的人，只不過是一個很高級、很有頭腦的交際花，你聽她說的那些領導，平常人想接觸都接觸不到，她卻好像輕而易舉的就能掌控這些人，我還是第一次接觸到這麼有能力的女人，不得不心存敬畏啊。」

曉菲點了點頭說：「這麼說倒也是，比她有能力的女人我倒是見過，不過沒有像她這麼來歷不明的。她又認識那麼多有頭有臉的人物，不像是玩空手道的騙子，是有點詭異，你跟她保持距離倒也是明智的。」

傅華自嘲說：「不明智也不行啊，我現在這種狀況哪還敢招惹這種麻煩啊？我家裏那麼大的一個麻煩還沒解決掉呢。」

曉菲笑了起來，說：「哈哈，誰叫你隨便去招惹方晶呢，現在扎到手了才知道叫痛，太晚啦，記住這個教訓吧。」

東海省省政府。

省裏要籌備舉辦一次省內各地級市經貿合作活動，孫守義這個海川市代市長就被召集到省裏接連開了幾天會。

在會議期間，因為市政府有許多急待處理的事，所以一直有人打電話找他，讓孫守義很難靜下心來，但是孫守義又不能離開會場，這次籌備經貿合作活動是鄧子峰提出來的，他必須表現出充分重視的樣子。

會議期間，鄧子峰親自來主持了座談會，聽取各市長對本市的經濟發展彙報和對這次合作的意見。鄧子峰十分認真，不時還會做筆記，記下市長們講的重點。

令孫守義高興的是，鄧子峰幾次在座談中點名問他的看法，顯示鄧子峰對他十分器重，這讓他感覺臉上分外有光彩。在這些省級領導面前，沒有人不想留下一個好印象的。

另一個被鄧子峰點名詢問的則是齊東市的市長王雙河，鄧子峰特別問起了齊東市籌建機場的情況。王雙河做了彙報，鄧子峰跟王雙河強調齊東市機場建設的重要性，要求齊東市一定要把機場建設好，說：

「雙河同志，省政府會對你們機場建設進行全面的監督，我希望你們能夠保質保量的將機場建設好，不要出任何問題。」

座談會開完，已經是晚飯時間了，鄧子峰就跟市長們一起在省政府食堂吃飯。吃飯時，鄧子峰坐到孫守義旁邊，親切地說：「守義同志，你這個代市長現在感覺如何啊？」

孫守義忍不住說：「省長，我現在忙得是一塌糊塗。您也知道，市政府現在缺了兩名副市長，尤其是常務副市長，讓我這個市長真是感覺需要有三頭六臂才能忙得過來啊。」

鄧子峰開導他說：「你不要急躁，副市長很快就會給你配齊的。至於工作嘛，就更不能急了，你知道我這麼多年的工作經驗累積的心得是什麼嗎？那就是工作是永遠做不完的，這件工作剛做完，下一項工作就已經在等著你了，所以工作要一項一項的去完成，最主要的是要把工作做好，千萬不能忙中出錯啊。」

鄧子峰雖然說的很平淡，但是孫守義卻覺得鄧子峰是在提醒他，在他這個代理市長還沒有轉正的時期，要他力爭把每一項工作都要做好，不要出任何差錯。特別不能因爲忙亂，就有什麼閃失。

孫守義點點頭，說：「我明白，省長，我一定會兢兢業業做好每一項工作的。」

吃完晚飯，鄧子峰就離開了，由於會議還有一天才開完，孫守義不能趕回海川，就到大會安排的房間休息。

他正準備洗澡時，手機卻響了起來。孫守義拿起手機看了看，是束濤的電話。

這傢伙應該知道他這幾天在省政府開會，明知道他走不開，還打電話來湊什麼熱鬧啊?!孫守義有些不太高興，這些商人不知道分寸就在這個地方，他們總是想方設法的想要纏住你，卻不想他已經開了一天會，實在是很累了。

不滿歸不滿，孫守義還是接通了電話。

「束董啊，你真是讓我不得閒啊，我來齊州開會，你的電話還能追過來。」孫守義忍不住抱怨說。

束濤乾笑了一下，說：「市長，沒辦法，有件事必須要找你才行。」

孫守義聽束濤的聲音有點怪異，似乎還有些顫抖，心中十分詫異，什麼事情讓他緊張到聲音都顫抖了呢？

孫守義忙問：「出什麼事了嗎，東董？」

東濤語帶不安地說：「您現在在哪裡，說話方便嗎？」

孫守義越發有一種不祥的感覺，說：「我在旅館房間，說話還方便，什麼事情啊？」

東濤遲疑了一下，說：「這件事電話裏說不方便，市長，您能不能出來一下，我們見個面，我人也在齊州。」

孫守義越發納悶了，追問說：「究竟什麼事啊？這麼神秘。」

東濤央求說：「您就出來一下，有些話必須要當面跟您說才行。您告訴我旅館名字，我馬上去接您。」

孫守義說了旅館的名字。過了十幾分鐘，東濤打電話來，說他的車已經在旅館門口了，孫守義到旅館門口，一輛黑色的豪華轎車衝著他按了一下喇叭，孫守義看到東濤坐在後座，就上了車。

坐上車後，孫守義不滿地說：「東董，你究竟在搞什麼鬼啊？」

東濤苦笑說：「我這也是情非得已。陳鵬來齊州了，想要見見您。」

孫守義狐疑地說：「陳鵬來齊州幹什麼啊？難道海平區出了什麼事嗎？他要見我，直接跟我打電話不就行了，怎麼還用找你來這麼麻煩？」

東濤嘆說：「他現在怎麼敢直接打電話給您啊。這件事一兩句話解釋不清楚，您還是等一會兒跟他見了面，聽他說吧。」

車子就將孫守義載到一間很偏僻的茶館，孫守義跟著束濤進了茶館的雅間，就看到陳鵬滿臉焦躁的神色，一副坐立不安的樣子。

陳鵬一看到孫守義，立即撲通一聲跪了下來。

孫守義趕忙去拉他，說：「你這是幹嘛啊老陳，趕緊給我起來。」

陳鵬卻不起來，反而拉住孫守義的胳膊說：「市長，這次您一定要救救我啊！」

孫守義愣說：「救你，你出什麼事情了？」

陳鵬詫異地說：「您還不知道啊？看來他們這次真是衝著您來的啊。」

孫守義一頭霧水地說：「什麼跟什麼啊？什麼是衝著我來的？老陳，你給我站起來，什麼事情給我說清楚。」

陳鵬站了起來，說：「市長，您說像我這個層級的幹部，組織上如果要對我採取什麼措施的話，您是不是應該知道？」

孫守義被問住了，海平區是縣處級單位，對這一層級的幹部採取措施需要海川市委作出決定，而他作爲海川市市委副書記，應該事先就會知道，但是到目前爲止，他絲毫沒聽說有關這方面的消息。

如果真是這樣的話，那搞陳鵬就可能是衝著他來的了，要不然爲什麼要避開他呢？

孫守義有點後悔來跟陳鵬見面了，傳出去一定會讓人覺得他跟陳鵬有什麼不當的往來。不過，孫守義自問他並沒有什麼問題可被人查的，心情很快鎮靜下來，還是先搞清楚狀況再說。

他看著陳鵬說：「老陳，誰跟你說組織上要對你採取措施了？」

陳鵬皺著眉頭說：「今天下午我離開海平區在外面辦事情，市紀委書記陳昌榮打電話給我，說有事情要跟我商量，讓我去紀委一趟。我一聽就知道壞事了，我跟陳昌榮雖然都姓陳，卻沒什麼私交，他能有什麼事情跟我商量啊，一定是要對我採取措施了。」

孫守義知道紀委對幹部採取雙規措施的做法，通常他們會裝作若無其事的讓當事人去紀委一趟，口氣好像只是談點小事，實際上去了，你就無法從紀委離開了。

孫守義從他出面做他和束濤的和事佬這一點上，就看出他不是廉潔的幹部，難怪陳鵬爲此這麼緊張。

孫守義腦子飛速的轉動著，眼前的問題已經不是陳鵬的問題究竟有多嚴重，而是孫守義有點拿不定主意要怎麼處理陳鵬，如果真是組織要對陳鵬採取什麼措施的話，他根本就無法救陳鵬。那他是要將陳鵬交給有關部門，還是裝作不知道，放陳鵬離開呢？

畢竟曾經是同僚一場，而且關係處得還不錯，如果將陳鵬交給相關部門，孫守義總有些不仗義的感覺，特別是陳鵬還是來向他求救的。但是裝作不知道放走陳鵬吧，陳鵬如果被抓到，他放走陳鵬的舉動就會暴露，那他必然會被牽連上。

孫守義沒好氣的白了束濤一眼，心說你也算是商場上打拼幾十年的老油條了，你把陳鵬帶到我面前，這不是給我出難題嗎？

想了一會兒，孫守義覺得他不能放走陳鵬，最好的辦法就是勸陳鵬回去自首。

孫守義便看了看陳鵬，說：「老陳，你也是在官場上打拼多年的人了，你不會幻想我能幫你擺平這件事吧？」

孫守義這麼說，等於是不準備幫忙，陳鵬的臉色越發顯得灰暗，他不死心的說：「市長，您要明白，他們這次不是針對我，是針對您來的。」

孫守義搖搖頭說：「老陳，這種話你再講下去就沒什麼意思了，針對我來的？我有什麼可被他們針對的啊？」

陳鵬冷笑一聲說：「市長，您別以爲自己潔身自好就不會被人整了，官場如戰場，人家可不是什麼善男信女，你不去整人家，人家一樣不會放過你的。」

孫守義勸說：「老陳，我們不要去討論這些沒用的，什麼官場如戰場的，我想知道的是，你下一步打算怎麼辦？」

陳鵬瞅了孫守義一眼，說：「怎麼辦？您說我該怎麼辦？」

孫守義直視著陳鵬說：「叫我說的話，既然陳書記叫你去紀委談談，你就老老實實的去吧，難道你還有別的路可走嗎？你想逃嗎？往哪裡逃啊？天下雖大，但是很難有你的容身之處，所以你現在就給我趕緊回海川，明天一早去見陳昌榮，看看陳昌榮找你究竟是什麼事情，如果真是那方面的問題，該老實交代的就趕緊交代，起碼還能換個自首的好態度，不是嗎？」

陳鵬看了看孫守義，欲說還休，雖然他知道孫守義說的很有道理，但是真要他把自己送進監獄裏去，這個決心還是很難下的。

孫守義看陳鵬可憐巴巴的樣子，也有些不忍心，陳鵬的問題其實與社會大環境有著很大的關聯。官員們掌握了極大的社會資源分配權，但是相應的監督機制卻很少，想要靠官員的自制力讓他們拒絕貪腐，幾乎是在緣木求魚。

另一方面，像束濤這種毫無道德的商人當道，他們爲了謀取更大的利益，自然會用盡一切手段去收買官員，兩方一配合，官員和商人各取所需，就讓社會整體風氣變得更壞了。

孫守義看了束濤一眼，說：「束董，你是聰明人，知道事情的後果會如何。你勸勸老陳吧。」

束濤便看看陳鵬，說：「老陳，我想了想，覺得市長說的也挺有道理。現在關鍵是你也不知道陳昌榮找你究竟是什麼事，如果他找你不是要對你採取措施呢？那你如果跑了，豈不是反而把自己給暴露了？男子漢大丈夫，能叫人打死，也不能被人嚇死，你說是吧？」

束濤的講法倒好像他在教陳鵬如何投機一樣，孫守義橫了束濤一眼，說：「束董，你跟老陳說的什麼啊？你可別曲解我的意思啊。」

束濤不好意思地說：「市長，我知道您不是這個意思，這是我個人單方面的理解。」

陳鵬倒是讓束濤說的燃起了一線希望，他看了看孫守義說：「市長，我不會曲解您的意思的，我馬上就趕回海川，明天我就去見陳書記。」

三人離開茶館，束濤開車送孫守義回旅館，孫守義下車時，束濤也跟著下了車，說要送孫守義進去。孫守義納悶的看了束濤一眼，剛想說沒必要，束濤卻衝著他眨了眨眼，孫守義就明白束濤是有話想跟他說。

孫守義掉頭去看車上的陳鵬，陳鵬一副失魂落魄的樣子，根本沒注意他們兩人在做什麼，他也就沒阻止束濤，自顧的往旅館裏走。

進了旅館之後，束濤對孫守義解釋說：「市長，我本來不想帶陳鵬來的，但是他非要來，我也安撫不住他。您還是做好最壞的準備吧，我回去了，就不送你上去了。」

孫守義心想：這傢伙真是狡猾，明知陳鵬被紀委叫去沒有好事，卻還用好話哄著陳鵬，讓陳鵬覺得有一線生機。

孫守義沒言語，徑直走進電梯，束濤則是轉身出了賓館，開車返回海川去了。

進了電梯的孫守義，臉色陰沉的可怕，一方面他生氣束濤沒能阻止陳鵬從海川跑來找他，讓他陷入一種進退兩難的尷尬境地；另一方面，孫守義也在生氣為什麼紀委要對陳鵬採取措施，而金達卻對他隻字未提，好像他這個市委副書記只是聾子的耳朵——擺設而已。

金達和紀委這麼搞，究竟是為什麼？難道真是像陳鵬說的那樣，目標其實不是陳鵬，而是他嗎？如果真是那樣的話，金達就太可惡了。

但是除了這一點，孫守義又找不到其他合理的解釋。市委想要動一個政府系統的人，怎麼說也該跟他這個代市長打聲招呼，除非他們認為他也牽涉其中。

幸好孫守義自認在這一方面他尚且堅守住了底線，他來海川後，在這方面一向十分檢點。

有著這點自信，孫守義並不擔心他會受什麼牽連。只是金達這麼做讓他心裏十分不舒服，一夜都沒睡好覺，他開始感覺跟金達的和諧是越來越難以維持了。

從齊州回海川的路上，陳鵬始終沉著臉一聲不吭，雖然他還存著一絲僥倖心理，但是事情總是出在他的身上，要去面對可能的懲罰，他的心情怎麼也輕鬆不起來。

人就是這樣，事情沒臨到頭上時，都會覺得很簡單，一旦大禍臨頭時，才知道根本就不是想像的那樣。

束濤也沒心情跟陳鵬講話，他心中一樣在擔心陳鵬如果出事，會不會將他牽連上，車內的氣氛就十分的沉悶。

第八章

玩火行為

理智上，孫守義明白他應該跟劉麗華趕緊切斷關係，
這種玩火行為，一不小心就會惹火上身；
但是情感上，孫守義卻又捨不得，劉麗華給了他很多的新鮮和刺激，
這種女人很難找，放過了孫守義又覺得十分可惜。

車子快到海川的時候，陳鵬承受不了心中的壓力，突然開口打破了沉默。

他問束濤說：「束董，你跟我說實話，你感覺我這次是不是真的要栽了？」

束濤心想我怎麼跟你說啊，我又不知道你的狀況出在哪裡？就看了陳鵬一眼說：「這個很難說，你可以往好處想，但也要做最壞的打算。」

陳鵬臉色越發的黯沉，說：「那就是說還是存在栽進去的可能了？」

束濤心說廢話，如果沒有這種可能，你會這麼失魂落魄嗎？

他只好勸慰說：「陳區長，你也不是剛進入官場的新手，官場是個什麼狀況，你比我清楚。你應該知道在你接下別人好處的時候，就有一天可能會栽進去的。」

陳鵬嘆了口氣說：「是啊，我當然有這種心理準備，一開始受別人好處的時候，我心裏也很害怕，很擔心會被發現，但慢慢地，也沒出什麼事，時間久了也就麻木了。現在突然真的要栽進去，我真是有點承受不了。」

束濤安撫說：「區長，你這時候可千萬不能慌啊，現在還不確定是不是真的栽進去了，如果你亂了陣腳，可能陳昌榮都還沒審你，你自己就招了。」

陳鵬苦笑著說：「我是不想自亂陣腳，但是我現在心裏一團亂麻，慌到了一個不行，由不得我控制啊。」

束濤看陳鵬這個樣子可能真的要壞事，就停下車，他覺得有必要讓陳鵬自己先搞清楚利害關係，這樣才能將傷害減到最低。

「區長，千萬冷靜。我們先在這停一下，你先平靜一下自己的情緒。」

陳鵬也覺得自己很窩囊，不好意思的說：「東董，我這人是不是很沒用啊？」

這還用說嗎?你如果是個男子漢的話，這點事情就應該扛起來。然而這時候只能儘量去安撫陳鵬的情緒，讓他穩定下來，而非激怒他。東濤便笑笑說：

「誰遇到這種事都難免會有些慌亂的，不過聰明的人在慌亂過後，就會趕緊去想因應的辦法。」

陳鵬懊喪地說：「東董啊，我現在腦子亂成一團漿糊，實在是沒有了主意，要不你跟我說說，我要怎麼應對？」

東濤提點他說：「要應付這件事不難，難的是需要你有一個好的心理素質，要能扛得住紀檢幹部的嗆呼，千萬不能相信他們跟你說的：什麼坦白交代，組織會原諒你之類的屁話。記住，如果真的栽了，那個時候，反正伸頭是一刀，縮頭也是一刀，你就閉上嘴，什麼都不要說。紀委要定你什麼罪，就讓他們去定好了。簡單來說，就是看你能不能咬牙堅持住，堅持住了，甚至可能什麼事都沒有的出來；堅持不住，恐怕你就要做一輩子牢了。」

東濤又說：「還有一點，你千萬不要以爲交代一點小事，就能把整件事情扛過去了。

千萬不要存有這種幻想，哪怕是最細小的事，一旦你跟紀檢的人說了，就等於給了他一個突破口，他就會一點一點逼著你把所有的事情都說了。」

陳鵬點點頭，受教說：「這個我會記住的。」

束濤接著提醒說：「再有啊，區長，如果實在是無法隱瞞，就儘量只說自己的事情，少牽連朋友，為將來大家再見面留點餘地。那個戚滿林你應該認識吧？」

陳鵬點點頭說：「我認識，以前他做海川市交通局局長的時候，我們關係還不錯呢。」

這個戚滿林幾年前在交通局局長任上被人舉報受賄，紀委從他家裏搜出了幾十萬現金，最終以他受賄和財產所得來歷不明的罪名，被判入獄服刑五年。陳鵬從那之後，就再也沒接觸過他了。

束濤說：「他出來了，你知道嗎？」

陳鵬詫異地說：「他被放出來了嗎？我不知道。」

束濤說：「他因為表現好所以提前假釋。現在他開了一家很賺錢的皮包公司，還是很風光啊。你知道他的公司為什麼那麼賺錢嗎？就是因為他出事的時候，把市裏面幾個重要的領導給保住了，現在出來，你說那幾個領導會怎麼報答他啊？」

陳鵬看了看束濤，明白束濤講戚滿林是在暗示什麼了，就說：「束董，你的意思我明白了，你放心，我如果真的栽了，一定不會牽連你的。」

束濤說：「那我先謝謝你了。你放心，如果你真的栽了，將來出來的時候，只要我城邑集團還在，就有你一口飯吃。」

話說到這裏，陳鵬已經心裏有了底，也知道該怎麼做了，於是說：「行，這話我記住了，走吧，別停在這裏了，早點趕回海川去，我還要把家裏的事情安排一下呢。」

等回到陳鵬的家，束濤停了車，兩人互看了對方一眼，心中都有一種悲壯的感覺。

陳鵬嘆了口氣，伸手拍了一下束濤的肩膀，什麼話都沒說就下車回家了。

束濤在背後看著陳鵬進了家門，這才掉頭往市區開。

此刻他的心情十分沈重，他不知道等待陳鵬的將是什麼樣的命運？陳鵬究竟能不能扛得住不把他牽連進去？束濤對此不敢太過樂觀，他心裏思索著，要準備應對最壞的局面了。

回到家的束濤徹夜未眠。第二天，束濤早早的去了辦公室，他期望能夠接到陳鵬的電話，聽陳鵬告訴他紀委那邊沒什麼事。

但是束濤失望了，直到中午，陳鵬也沒電話過來，他讓手下試著給陳鵬打了一個電話，陳鵬的手機關機，束濤就明白了，陳鵬這次恐怕真是凶多吉少了。

孫守義在省城開完會，當天下午就趕回了海川。

回海川後，他直接去了市政府，在辦公室坐下來之後，他打電話給金達，報告說他已經回到市政府了。

金達訝異地說：「不是說今天還有一天的議程嗎？」

孫守義說：「下午的會議提前散了，市裏還有一大堆事情等著我處理呢，我就趕回來了。」

孫守義打這個電話，一來是跟金達報備一聲他回來了，另一方面，他是想從金達這邊瞭解一下陳鵬究竟出沒出事。他心中隱隱覺得陳鵬很有可能已經被雙規了，從昨天離開齊州，到現在將近二十多個小時，如果沒事的話，他最起碼該打個電話來。但是至今音訊杳然，除了被採取措施之外，不會有別的解釋了。

金達喔了一聲，說：「其實也不用這麼急，事情總還是要一件件去做嘛，急也沒用。」

孫守義笑笑說：「事情總是要做的嘛。好了書記，我掛電話了，手邊還有一堆的文件要看呢。」

金達說：「那行，你看吧。」

金達就掛了電話，令孫守義鬱悶的是，自始至終，金達一個字都沒提陳鵬的事。孫守義抓起桌上的電話，想要打給陳昌榮，電話號碼都撥出去了，但是孫守義最終還是按住了電話，沒有撥出去。

這個時間點很敏感，如果打給陳昌榮，會讓一向警惕性就很高的紀委書記越發對他產生懷疑。算了，反正自己問心無愧，金達和陳昌榮再怎麼瞎搗鼓，也無法搞到他身上的。

想到這裏，孫守義的心安定下來，開始批閱起公文來。

枯燥的公文對孫守義來說反而起了一個安定情緒的作用，他的心情徹底冷靜下來。

這時，他的手機響了起來，是劉麗華的電話號碼。孫守義眉頭皺了一下，劉麗華這時候打電話來，肯定是想讓他晚上過去，但是眼前這種情形下，他又怎麼敢去跟女人幽會呢？

孫守義接通了電話，劉麗華嬌聲說：「守義，你是不是從省裏回來了？」

孫守義笑笑說：「你的消息真夠靈通的，我才回來，你的電話就打過來了。」

劉麗華說：「我是聽我們局長說在市政府看到你的車了。既然回來了，晚上過來家裏吧，我想你了。」

孫守義拒絕了：「不行，這幾天我不能過去，最近海川形勢很敏感，我得謹慎些。」

劉麗華不高興了，埋怨說：「守義，你總是說這不行那不行的，你現在都是代市長了，怎麼膽子卻越來越小啊？真是搞不懂你。」

孫守義正色說：「你別鬧了，你不知道剛剛海平區的區長陳鵬被紀委叫去談話，到現在還沒有出來呢。」

劉麗華緊張了起來，說：「守義，這不會與你有關吧？」

孫守義說：「我在錢財方面很謹慎，我擔心的是跟你的關係被人盯上了，那樣我的代市長就別想轉正了，所以你乖，別在這時候添亂。我們的日子還長，不在乎這一天兩日的。」

孫守義安撫的話，讓劉麗華感覺很貼心，就不再鬧了，嬌笑著說：「好，我聽你的就是了。」

掛了電話，孫守義開始想劉麗華這件事了。陳鵬出事給他敲響了警鐘，讓他知道海川好像存在一股針對他的勢力，他跟劉麗華的曖昧，跟陳鵬受賄在某些方面其實是一樣的，都是無法見光的醜事。陳鵬現在落馬了，那他需不需要拿出壯士斷腕的勇氣，切斷跟劉麗華的來往呢？

理智上，孫守義明白他應該跟劉麗華趕緊切斷關係，這種玩火行為，一不小心就會惹火上身；但是情感上，孫守義卻又捨不得，劉麗華給了他很多生活中的新鮮和刺激，對他卻沒什麼特別的要求，這種女人很難找，放過了孫守義覺得十分可惜。

想了半天，孫守義也沒做出決定來。

看看時間不早了，孫守義收拾一下就離開了辦公室，他克制住打電話給束濤或是陳鵬的念頭，此刻這兩人的手機可能都被監控了，他還是不要打過去比較好。

又是一夜過去，孫守義仍未接到任何陳鵬的進一步消息，心中越發肯定陳鵬是被紀委採取措施了。

果然，一上班，他就接到海平區一個姓顧的副區長打來的電話，他說陳鵬昨天被紀委叫去談話，去了以後就一直沒回來，問孫守義知不知道陳鵬出了什麼事。

顧副區長這個電話正好給了他查問陳鵬的機會。他說：「我不知道這件事啊，你等一下，我問問紀委那邊再說。」

孫守義就打電話給陳昌榮，說：「陳書記啊，海平區一個副區長打電話跟我說，你們把海平區的區長陳鵬給抓了，這是誰批准的啊？市委研究通過的嗎？我怎麼一點都不知情啊？」

陳昌榮回說：「孫市長，現在還不能說是抓了陳鵬同志，我們只是發現一些疑點，所以請陳鵬同志過來瞭解情況。」

孫守義愣了一下，說：「瞭解情況能把人扣留一天多？這件事你有經過金達書記的同意嗎？」

陳昌榮說：「紀委這邊因爲只是瞭解情況，所以並沒有徵求金達書記的意見，至於爲什麼拘留陳鵬同志一天多，是因爲經過詢問，案件有了些突破性的進展。我正想把相關資料去跟金達書記彙報，請示市委下一步要對陳鵬同志採取什麼措施呢。」

看來陳鵬確實是出事了，但是金達卻不知情，是他錯怪金達了。

孫守義說：「原來是這樣啊，那行，我知道了。」

半個小時後，金達打來電話，說：「老孫，你過來我這裏一下吧，有件事我們商議一下，是關於海平區區長陳鵬的違紀情況。」

孫守義聽了立即說：「行，我一會兒就過去。」

孫守義去了金達的辦公室，陳昌榮和于捷都在。

金達看到孫守義就說：「老孫，剛才陳書記跟我彙報了陳鵬違法受賄的情形，紀委現在已經掌握了充分的證據。」

孫守義看了陳昌榮一眼，疑惑地說：「究竟是怎麼一回事啊？你們是透過什麼管道知道陳鵬受賄的事呢？」

陳昌榮解釋說：「這件事說來很巧，我們紀委一位同志去超市買東西，結果遇到一位很囂張的女人，他因為不小心碰了她一下，就被她罵了一通。結賬時，這女人剛好排在我們那位同志前面不遠，那位同志就很留意這個女人，發現這女人拿出一張銀行卡，讓售貨員幫她刷一下卡裏面有多少錢，那個售貨員幫她刷了，結果顯示卡裏面居然有十萬塊之多。我們這位同志很有職業敏感性，馬上就覺得這個女人有問題，因為很少有人會拿著一張有十萬塊的銀行卡去超市購物的。更令人奇怪的是，這女人還不知道卡裏有多少錢，就懷疑這張卡的來歷不正。於是跟我們彙報了這個情況，我們也覺得他的懷疑很有道理，於是就派人去超市調閱了當時的監控錄影，想看看這女人究竟是何方神聖。」。

聽到這裏，孫守義基本上已經猜到這個女人是誰了，這女人應該就是陳鵬的老婆。想不到陳鵬居然是因爲這個倒楣的。

陳昌榮接著說道：「經過調查，我們發現這個女人是海平區區長陳鵬的老婆，我們便產生了疑問，這張銀行卡是怎麼到陳鵬老婆的手裏的呢？我們調取了她用來付款的銀行卡的資料，結果發現這張銀行卡居然是海平區一家公司辦理的，而陳鵬剛剛才幫這家工廠居中協調了一起用地的事宜，我們就把陳鵬請去紀委進行瞭解，陳鵬一開始還想抵賴，但是證據確鑿，他無可抵賴……」

孫守義心中不免惋惜，陳鵬其實是個挺能幹的幹部，想不到就這麼栽了。

既然證據確鑿，於是書記會毫無異議同意了紀委對陳鵬採取雙規措施，陳昌榮就先離開，處理對陳鵬的安排去了。

陳昌榮離開後，孫守義不禁感慨說：「這個陳鵬也真是的，其實他工作幹得很不錯的。」

金達也點點頭說：「是啊，他從基層一步步幹起來，也爲海平區做了些事情，就這麼栽進去，真是令人惋惜啊。」

于捷也附和說：「是啊，老陳這個人怎麼在原則問題上就把不住關呢？」辦公室裏的氣氛就有些沉悶，雖然他們跟陳鵬沒什麼關連，但是物傷同類，一個他們很熟的幹部就這麼完蛋了，心中也很不好過。

北京，海川大廈，傅華辦公室。

蘇南專門跑來跟他商量齊東市機場建設競標的事，看著蘇南把一堆資料拿出來要給他看，傅華笑了起來，說：

「南哥，你是不是也太看得起我了？這我哪裡懂啊？再說，你也該知道，這些做的再好，桌面下的沒做到位也沒用的。」

蘇南笑笑說：「傅華啊，這一次不同，鄧叔跟我談過這個問題，他說他極為反感現在社會上做項目不行賄就無法得標這種惡習，如果任由這種現象發展下去，那整個社會的道德將會徹底淪喪，後果將會不堪設想。」

傅華聽了說：「鄧叔還是這麼理想主義啊，可是這是現今社會普遍存在的一種陋規，鄧叔就算看不慣，也是莫可奈何啊。」

蘇南搖搖頭說：「你這人啊，就是這麼悲觀，你想過沒有，如果我們都對這種陋規視之不理，這個社會就完了。我們應該像鄧叔那樣，跟這種醜惡現象抗爭才是。」

傅華忍不住看了一眼蘇南，他覺得蘇南今天有點反常，以前的蘇南可不是這樣子說的，之前爭取海川新機場的時候，他可是很積極的想跟項目的主導者勾兌的，怎麼到了齊東市機場的時候，他的口吻一下子就變了呢？這裏面是不是有什麼文章啊？

蘇南笑了笑說：「你看我幹什麼，我說的不對嗎？」

傅華忽然有點了解蘇南和鄧子峰這次準備怎麼操作這個齊東市機場項目了，如果他猜得不錯的話，這兩人大概是想逆向操作這個項目，鄧子峰一定會大力宣揚要把這次招標辦成一次公正公平的廉潔招標，蘇南也會對外做出一副不跟項目主導者做任何勾兌的面孔。

這一唱一和，就會對齊東市機場項目的主導者形成一種強烈的暗示，似乎只有選了蘇南，這次的招標才是廉潔公平的。這種暗示再加上鄧子峰省長的威勢，恐怕齊東市的主政者想不選蘇南都很難。

高明啊，鄧子峰既幫了蘇南，又沒給對手留下什麼把柄，這才是一個有政治頭腦的人玩出來的高招，真是令人佩服。

傅華說：「對，我只是好奇你的觀點會有這麼大的改變，還記得海川新機場競標的時期嗎？那時候你的觀點跟現在有很大的不同啊。」

蘇南笑說：「此一時彼一時嘛，我這也是在鄧叔的感召下，才把觀點給扭轉了過來的。」

傅華心說：你這扭轉也太高效了點吧，一扭轉馬上就可能得標，真是划算啊。

傅華很希望他的猜測是錯誤的，否則蘇南和鄧子峰這種口口聲聲稱公正公平廉潔的做法，在他看來根本是虛僞透頂，充滿了政治盤算。

不過傅華又覺得自己只是五十步笑百步而已，他不是也利用了鄧子峰，將謝紫閔推介給海川嗎？他的政治盤算其實一點也不比鄧子峰和蘇南少。

傅華就笑了笑說：「雖然我不覺得你這麼做能改變什麼，但是衝著你這種精神，我幫你就是了。畢竟我也不喜歡現在這種惡劣的壞風氣。」

蘇南高興地說：「那我們就爲了改變這種壞風氣，一起努力吧。」

傅華就跟蘇南認真的研討起方案來，傅華針對東海省一些實際情況給蘇南提了不少改善的意見，兩人一直聊到中午。

蘇南說：「走走，我今天請你吃頓好的去。」

傅華笑說：「別出去吃了，就在海川大廈吃吧，下午我還有事，出去吃恐怕來不及。」

蘇南只好說：「那聽你的，算我欠你一頓，改天再請你。」

兩人就去了下面的餐廳，隨便點了幾樣菜。

吃了一會兒，蘇南說：「傅華，我那天看你對那個喬玉甄好像不是十分友善啊，怎麼，你對她有看法？」

傅華搖搖頭說：「我對美女能有什麼看法啊？我跟她既沒有什麼業務往來，又沒有什麼利益衝突。」

蘇南笑說：「傅華啊，我覺得你這麼想，目光就有點短淺了。你的駐京辦是在北京，可不是海川。你想過沒有，如果你們駐京辦能跟北京市的一個副市長建立良好的關係，那會得到多少便利啊？」

這時候的蘇南又不是剛才那個要公正公開廉潔的蘇南了，再次顯出了現實的一面，傅華差點就脫口而出對蘇南說：「你不是想要改變敗壞的社會風氣嗎？怎麼現在又是這麼一副嘴臉？」

不過傅華把到嘴邊的話吞了回去，這話如果說出來，他跟蘇南會連朋友都沒得做了。

傅華笑了笑說：「好了南哥，謝謝你的提醒，我不是對她有什麼看法，而是最近我出了那麼多事，對漂亮女人有點過敏，看到她們我就會神經緊張。以後我再見到這個喬玉甄，我會熱情一些的。」

蘇南說：「這話有意思啊，你跟鄭莉的事還沒處理好啊？」

傅華苦笑說：「沒有。南哥啊，我算是知道了，你要得罪一個女人，一點小事就可以了；但是你要哄得一個女人回心轉意，你就是費盡九牛二虎之力，恐怕也是沒效果的。」

蘇南笑了起來，說：「看來你這是深刻的體悟了。」

海川，市政府辦公大樓，孫守義辦公室。

陳鵬被雙規三天了，這三天，好多人心裏都因爲陳鵬懸了起來，都在擔心自己會不會被陳鵬咬出來。

孫守義對此並不擔心什麼，因此氣定神閒地坐在辦公室批閱公文。

手機在這時響了起來，孫守義看了看號碼，眉頭皺了一下，是束濤打來的。他遲疑了一會兒，接了電話。

束濤說：「市長，我要跟您說聲抱歉，那天晚上我真的不應該帶陳鵬去齊州見您的。」

孫守義愣了一下，說：「你跟我說這個幹嘛？究竟是怎麼回事？」

束濤說：「市長您還不知道嗎？現在外面有人在說，陳鵬出事的前一天晚上，是到齊州去見您，而他去見您，是想跟您先統一好口徑。跟您統一口徑之後，他才連夜趕回來接受紀委的調查的。」

孫守義心裏咯登了一下，外面的人這麼傳，就表示一般人都認爲他跟陳鵬之間是有勾結的。

孫守義現在有些後悔，沒有在從齊州回來那天就告訴金達陳鵬去齊州找過他。如果當時告訴金達，現在他就可以理直氣壯的說，陳鵬當時找過他不假，但是他是讓陳鵬主動回海川接受紀委調查，並沒有什麼統一口徑的事。

但是現在這些傳言出來之後，他再去跟金達講這些，就會讓人感覺心虛了。孫守義心裏十分鬱悶，懊惱這件事沒有處理好。

束濤見孫守義半天沒說話，心想這件事一定是讓孫守義覺得很棘手，於是說道：「市長，這個禍是我惹下的，要不我去紀委幫您澄清一下？」

孫守義斥責說：「束董，你澄清什麼啊？你這時候去紀委，就是把天說破了，人家會相信嗎？反而會越描越黑的。」

束濤說：「那怎麼辦啊？這樣被外面的人傳下去的話，對您會很不好的。尤其是不久以後，你還需要經過人大的選舉。」

束濤提到人大的選舉，說明他也意識到這個謠言之所以會傳出來，目標可能就是海川市人大選舉市長，難道說有人想要跟自己爭市長？

孫守義心中畫了個問號，這是他不得不警惕的，無風不起浪，不會無緣無故有這種謠言傳出來，肯定是有心人想要操作什麼。

孫守義就說：「你是聽誰說的啊？你帶陳鵬去見我這件事很隱蔽，怎麼會傳出來的呢？」

束濤納悶地說：「怎麼傳出來的我也不清楚，我也在調查這件事。這是我幾個關係很好的朋友，私下問我牽沒牽涉進陳鵬一案，我當然跟他們說沒有，他們就問我爲什麼會在陳鵬出事的前一天晚上帶陳鵬去見您。」

孫守義說：「束董，那你告訴我，陳鵬究竟會不會咬上你？」

束濤說：「市長，這您放心，我沒有什麼事情是可以讓陳鵬咬的。」

孫守義好奇地說：「你憑什麼這麼肯定？」

束濤笑說：「沒有就是沒有，當然肯定了。不信的話，您是市委領導，可以問問紀委的同志，看看陳鵬究竟有沒有提到我向他行賄的事。」

孫守義心想，束濤這麼肯定意味著兩種可能，一是束濤真的沒有行賄過陳鵬，另一種可能是束濤知道陳鵬的口供中沒有涉及到他。

第一種可能，孫守義否定了，那就剩下第二種可能了。孫守義對束濤的能力之大感到有點驚訝，因爲就連他這個代市長都不知道陳鵬在市紀委交代了些什麼。

孫守義笑了笑說：「束董，你消息倒很靈通啊？」

束濤倒沒否認，說：「市長，作爲一個商人，如果消息不靈通的話，恐怕飯碗都保不住了。」

孫守義故意說：「既然你消息這麼靈通，那你可不可以告訴我，是誰在拿這件事做我的文章啊?還是根本就是你在針對我？」

束濤聽了，急說：「市長，我們之間是有些過節，但是在喝酒的那一晚，我就把那些過節都放下了。我現在只想跟您做朋友，所以才會聽到不利於您的消息就趕緊通知您的。」

孫守義也相信這件事不會是束濤在背後搞鬼的，他順利，對束濤來說只會有好處，不會有壞處。商人都是利益放在首位，孫守義既然不會損害到束濤的利益了，他實在沒必要再來針對他。

而孫守義這麼說，是想給束濤一點壓力，是在告訴束濤他並不完全信任他，要想得到他的完全信任，束濤應該做的更好才行。

孫守義說：「既然不是你，那你知道這些人爲什麼要針對我嗎？」

束濤遲疑了一下，說：「這個我真是不好說，我現在也還沒查到消息的源頭。」

孫守義聽出束濤語帶保留，就知道他大概猜到原因了，只是不敢冒失的下結論，便笑了笑說：「束董啊，這有什麼不好說的啊，無外乎是有人想跟我爭市長這個位置罷了。我說的對嗎？」

束濤嘿嘿的乾笑了一下，說：「這個結論我是不敢下啦，但是可能性是很大的。」

孫守義說：「那你束董對我是什麼意思啊？是想扶我上馬，還是想踹我一腳啊？」

束濤趕忙說：「市長是明白我的心意的，我當然是想您順利的正位，不然的話，我也不會打這個電話了。」

孫守義聽了說：「既然這樣，那我們就是一個陣營裏的了，人家想跟我爭這個市長，我也不能坐以待斃，你消息靈通，能不能告訴我，抹黑我最有可能的人是誰啊？」

束濤沉吟了一會兒說：「市長，目前的形勢還不明朗。抹黑應該是這個人的第一步動作，他如果真的想爭取市長寶座的話，一定還有後續動作的。既然我們的目標一致，這件事我會幫您留意的，一旦看到誰的馬腳露出來，我會儘快通知您的。」

掛斷束濤的電話後，孫守義不再氣定神閒了。本來孫守義以爲有上面的支持，他的代市長轉正一定很順利，但是束濤這通電話讓他知道他想得太簡單了，看來已經有人在暗中佈局，想要跟他爭這個市長寶座了。

驟然間，孫守義心中有些慌亂，他不是沒聽說過市長選舉過程中出現意外的事，但他總覺得那是特殊情況，不會時常發生。大多數的幹部都是服從組織上的安排的，所以孫守義理所當然的認爲他的市長選舉會很平順，不會有什麼意外狀況。

但現在這個意外出現了，有人在這個敏感時間點故意製造輿論抹黑他，這是一個很危險的信號。如果這時恰好有代表推舉出另一位在海川深孚眾望的人出來作爲市長候選人跟他競爭，人大代表們會做怎樣的選擇呢？

孫守義很清楚自己的弱點在哪裡，他是空降來的，跟東海和海川並不接地氣。雖然他來海川後，已經儘量試圖融合本地幹部，建立了一定的人脈，但是要跟那些本土幹部相比還是差得很遠。

這大概也是孟副省長雖然職位比呂紀和鄧子峰都低一級，呂紀和鄧子峰卻不敢小覷他的緣故，孟副省長是東海本地人，他的根就紮在這裏，跟東海人深深地糾結在一起，從而形成了一股強大的力量。而呂紀和鄧子峰再強勢，他們也是外來勢力，他們的根只是紮在這塊土地的表面，一旦有大風大浪，孟副省長依然會屹立不倒，他們卻可能被連根拔起。

孫守義最擔心的就是像孟副省長這種深耕本土的本地人出來跟他爭這個市長，那樣他是很難打贏這一仗的。

這些年，因爲群眾事件，百姓們對組織的信任度日漸降低，甚至在某種程度上產生了一種逆反心理，本能的認爲組織上推薦的人都是信不過的，相對的，本土派就可靠多了。這種情況下，他等於是不戰而敗。

孫守義自然不想看到這種局面出現，他一定要想辦法瓦解對手的陰謀。然而他現在連這個搞陰謀的人是誰都不知道。他面對的是一個隱形的對手，最怕的就是等他弄清楚對手是誰時，一切都已經晚了。

孫守義在腦海裏不斷的思索著，究竟是誰在背後操弄呢？想了半天也沒想出個所以然來。

他覺得最可疑的人是市委副書記于捷，于捷是最有機會爭取市長寶座的。但是在孫守義被公佈爲代理市長的時候，于捷已經表明他是願意服從組織上的安排的，還熱情地跟他握手表示了祝賀，看得出來于捷的態度十分真誠，難道他是被于捷的表演給欺騙了？

于捷另一個比他佔優勢的，他是東海省本地人，跟海川的幹部更容易親近。這一點孫守義就很吃虧了。尤其是于捷常常在市裏維護基層官員的利益，很得他們的擁護。

最典型的一個例子是，當年莫克想要整雲山縣縣委書記孫濤的時候，就是于捷出面幫孫濤說情，最後還跟莫克鬧得很不愉快。

想到孫濤，孫守義忽然靈光一閃，覺得自己可能找到問題的癥結了。他爲什麼會一點都沒察覺到有人在暗地裏做他的小動作，因爲這個人選擇了一個離他很遠的地方操作，遠到他幾乎不會察覺的地步。

這個地方不是別處，就是孫濤主政的雲山縣。雲山縣離海川市區很遠，于捷如果在這個地方做什麼小動作的話，孫守義真是很難察覺。

孫濤跟于捷關係很好，他如果幫于捷做好了雲山縣市人大代表的工作，到時候只要雲山縣的人大代表一起頭，于捷在其他縣市再一附和，就水到渠成了。

想到這裏，孫守義驚出一身的冷汗。這時候他才想到趙老讓他多下去走走是多麼英明的舉動。

孫守義越發堅定了要去雲山縣看看的想法，甚至以雲山縣爲基點，儘量多走幾個偏僻縣市。越是偏僻的縣市，那些幹部們就越少能感受到高高在上的領導們對他們的關懷，心中的怨言可能也越多，也越會被一些有心人所利用。

於是孫守義就以下鄉去看看農業發展狀況爲由，跟金達打了聲招呼，開始進行他這次下鄉巡察的行程。

第一站他自然選擇了雲山縣。孫守義事先通知了孫濤，讓孫濤做好接待他的準備。

第九章

搞鬼

在車上，孫守義並沒有因為孫濤的回絕而感到沮喪，
相反，他顯得情緒不錯，因為他這次下來的目的已經達到了。
他主要是來試探一下孫濤的，現在他搞明白的確是于捷在背後搞鬼的，
接下來就有應對的辦法了。

在雲山縣界碑的地方，孫濤帶著一班人前來迎接孫守義。

孫守義親切地跟孫濤握了握手，說：「你怎麼還搞界接這一套啊，市裏不是明確說不讓這麼做的嗎？」

孫濤笑說：「市長，這您可不能怪我啊，我們雲山縣地處偏僻，難得像您這樣的領導能來一趟。上次好不容易莫克書記來了，卻是來挑毛病的。為了能讓上級領導多來幾趟，您說我能不來接一下嗎？」

雖然莫克已經死了，但是孫濤對莫克當初整他的那一幕始終無法忘懷，所以特別又提了出來。

孫守義說：「首先聲明，我這次可不是來挑毛病的，是真的想來這裏看看。老孫，你也不要覺得我來海川這麼久才來你們雲山縣。海川說大不大，說小卻也不小，我要把海川走遍，也是需要時間的。」

孫濤對孫守義的解釋還算滿意，便笑笑說：「市長您工作忙，這我們都能理解……」

寒暄完，孫守義就讓孫濤直接帶他去農田裏看看。

雲山縣的農民對農田管理得很不錯，孫守義很滿意，稱讚說：「老孫，早就聽說你是一個兢兢業業扎實肯幹的好幹部，今天來雲山縣一看，果然名不虛傳啊。」

孫濤被誇得有點不好意思，笑笑說：「市長啊，您就別拿我尋開心了。」

孫守義搖搖頭說：「什麼叫拿你尋開心，幹得好就是幹得好。誒，你在雲山縣待了幾年了？」

孫濤想想說：「也有好幾年了，當初我是因爲雲山縣原來的縣長常志逼死了一個同志，我就被派來主持工作，這一主持就沒再離開啦。」

孫守義點點頭說：「常志的事我聽說過，確實有幾個年頭了，老孫啊，在下面工作是不是很辛苦啊？」

孫濤苦笑一下說：「要說不辛苦是假的，下面各方面條件都差，我們需要付出更大的努力才能做好這裏的工作。」

孫守義示好地說：「老孫，讓你受苦了，回頭我會跟金達書記說說這件事，不能把像你這樣的好同志放在下面就不聞不問了，市裏面也要爲你們這些同志多想想，適當的爲你們輪換一下崗位才對。」

孫濤眼睛亮了起來，雲山縣這個地方十分偏遠，加上受地理環境的限制，經濟發展也不行，這裏一向被視爲是幹部發配充軍的地方，孫濤自然是很想離開。

孫濤看了孫守義一眼，有些欲言又止，他聽過不少的領導跟他說要將他調回市區，到最後只是空話而已，他至今還留在雲山縣動也沒動。

孫守義察覺到他的表情，笑了笑說：「你不用看我，我不是跟你空口說白話，實際上我是真有這種想法，那就是對幾個相對艱苦的地方領導幹部經常輪換一下，也讓年輕的同志下來鍛煉鍛煉，增加一些吃苦耐勞的精神。」

孫濤感動地說：「市長，謝謝您這麼理解我們在基層的同志。」

孫守義搖搖頭說：「你不要謝我，我認爲這是一個領導幹部應該想到的。以前我沒坐到這個位置，想要幫你們也沒有這個權力，今天我坐到這個位置，就一定要爲你們做點事情。我也不怕公開地說，這次我們海川市的同志崗位肯定是要動一下的，我一定會爲你盡力向金達書記爭取。」

孫守義倒不是向孫濤空口許願，他知道泰河市的市委書記李天良將要成爲海川市的副市長，那他的位置就會騰出來，他準備如果孫濤上道的話，他可以幫孫濤爭取調到泰河市去。

孫守義這話說到孫濤的心坎裏了，而且他感受到孫守義並不是在糊弄他，是真心的想要幫他，便誠心地說：「事情成與不成先放在一邊，您能這麼說，我就很感激了。」

孫守義故意責備說：「你又來了，跟你說這是你們這些基層工作的同志應得的嘛。你再來謝我，我可就不管啦。」

孫濤立即笑笑說：「好，我不說了還不行嗎。」

兩人就繼續在農田做調研，此後，孫守義一直說些輕鬆的話題，兩人嘻嘻哈哈，孫守義就像忘了他此行的真正目的是什麼一樣，完全沒提起或者試探孫濤有沒有幫于捷暗地裏爭取市長候選人的資格這事。

中午，孫守義就在雲山縣吃飯，飯後又跟孫濤去看了別的地塊的農田。看完後，孫守義上車準備回海川市區，孫濤在車下招手示意跟孫守義告別。這時，孫守義好像想起什麼似的，衝孫濤招手說：「老孫，你上車來，我有幾句話要跟你說。」

孫濤沒有多想就上了車，一派輕鬆的問：「市長，您叫我上來有什麼指示嗎？」

孫守義笑笑說：「老孫，指示是沒有啦，我是想跟你瞭解一下，你也知道，我這個代市長還需要經過人大代表的選舉。我個人對此倒是看得很輕，但是，我做這個代市長也好，參加市長選舉也好，都是組織上交給我的任務，我不但要完成，還需要很好地完成。老孫，你也是工作多年的同志了，應該能明白我現在的處境吧？」

孫濤神色嚴肅了起來，孫守義有一種猜中了的感覺，孫濤嚴肅起來，很可能這傢伙真的是在幫于捷爭取市長候選人，孫守義便直直地盯視著孫濤的眼睛，想聽他的答覆。

孫濤趕忙避開了孫守義的眼神，說：「市長，我明白。」

孫濤的躲閃讓孫守義心中浮起一種不祥的感覺，他決定要給孫濤施加點壓力。

孫守義誠摯地說：「所以我就要拜託你了，老孫，多幫我注意一下你們縣裏那些市人大代表們的動向，雖然我相信人大代表們的覺悟都是很高的，但是爲了能將組織交給我的任務圓滿的完成，我必須要保證不出一點紕漏，所以我要求你一定要確保雲山縣的代表不能出一點問題，若是出了任何問題，組織上將唯你是問。」

說這話的時候，孫守義一直盯著孫濤臉上的神色變化。

孫濤遲疑了一下，說：「市長，這個我真是無法跟您保證，您知道代表們也是有他們的想法，我雖然是縣委書記，也不能強迫他們的。」

孫守義看著孫濤，看來這個孫濤跟于捷的關係很堅固，他想要一下子破壞是不可能的，便說：「老孫，你應該明白如果不能完成上面交代的任務，我們需要負上什麼樣的責任，這裏面的利害關係你應該比我清楚。」

孫濤爲難地說：「市長，我當然清楚了，我自己可以保證絕對服從組織上的安排，但是人大代表有發表自己觀點的權利，這我是無法改變的。」

孫守義卻反而笑了起來，說：「行，我明白你的意思了，老孫，謝謝你啦，你可以下車了。」

孫濤對孫守義的反應有些詫異，不由得呆了一下。

孫守義看了看他，說：「老孫，你怎麼還不下車啊？不會是想搭我的順風車進市區吧？」

孫濤尷尬的搖搖頭說：「不是的，市長，我就下車。」

孫濤就打開車門準備下車，孫守義在他背後笑了笑說：「老孫啊，我給你句忠告吧，政治的遊戲不是隨便誰都能玩的，小心把自己給玩進去了。再見啦。」

孫守義就不再理睬孫濤，讓司機發動車子回海川。

在車上，孫守義並沒有因爲孫濤的回絕而感到沮喪，相反，他顯得情緒不錯，因爲他這次下來的目的已經達到了。他主要是來試探一下孫濤的，現在他搞明白，的確是于捷在背後搞的鬼，接下來就有應對的辦法了。

車快到海川的時候，孫守義打電話給金達，問金達在什麼地方，說有緊急的事情要跟金達彙報。

金達讓孫守義去他的辦公室見他。孫守義就讓司機直接把車開到市委。

下車時，就看到于捷陰沉著臉，從市委辦公大樓往外走，孫守義猜想孫濤已經跟于捷聯絡過，于捷的臉色這麼難看，一定是感覺到他的陰謀敗露了。

孫守義暗自冷笑一聲，你想跟我鬥，還嫩得很！我倒想看看你有什麼能力跟我玩，就你背後的那點實力，根本就不是我的對手。

孫守義很想看看于捷事情敗露後再面對他會是怎樣的一副嘴臉，就遠遠的衝著于捷喊道：「于副書記，這麼匆忙是要去哪兒啊？」

于捷聽到喊聲愣了一下，隨即看到孫守義，立即換上一副笑臉，對孫守義笑了笑說：

「是孫市長啊，您這下去雲山縣回來的倒挺快啊。」

孫守義向于捷走過去，跟于捷握了握手說：「我在雲山縣已經看到我想要看的情況了，就早一點回來了。于副書記這是要去哪啊？」

孫守義注意到于捷臉上肌肉不自覺的抽搐了一下，顯然這個僞君子被他拆穿了，心裏開始發虛了。

于捷強笑了笑說：「晚上我有一個活動要參加，時間差不多了。市長來市委是想幹什麼啊？」

孫守義說：「哦，我是有點事要跟金達書記彙報。行，你有事就去忙吧。」

于捷臉上的肌肉再次抽搐了一下，他沒想到孫守義動作這麼快，從雲山縣回來，一刻不停就要向金達報告。這對于捷來說更不是件好事了，如果金達再攪合進來，他就根本沒有贏的可能了，甚至會嚴重影響到未來仕途的發展。

于捷想跟孫守義做些解釋，但是張了半天嘴，解釋的話卻說不出來，因爲一解釋，就等於不打自招，承認是他在背後搞鬼了，他不能給孫守義這種把柄。

所以最後于捷到嘴邊的話就變成了：「那市長我去忙了，改天再聊吧。」

孫守義伸手拍了拍于捷的肩膀，說：「好，你趕緊去吧。」

孫守義這個拍肩膀的動作，呈現一種居高臨下的姿態，似乎是在告訴于捷，你別忘了我是你的領導，在我手下還是老實一點吧。

孫守義的動作讓于捷心裏很是彆扭，不過他也是老油條了，很快就恢復正常，說：「那我走了。」

于捷就上車，離開了市委大院。

孫守義呵呵笑了幾聲，以一種勝利者的姿態走進市委大樓。

過了十幾分鐘，金達回來了，一看到孫守義就問道：「老孫，你說有緊急的事要跟我說，是什麼事啊？」

孫守義臉上的笑容換上了一副很緊張的樣子，說：「是這樣，書記，我今天不是去雲山縣嗎？結果在跟縣委書記孫濤談話的時候，發現了一個異常的狀況。」

金達詫異地說：「什麼異常狀況？老孫，你怎麼緊張兮兮的啊？」

孫守義故意說：「書記，我不緊張不行啊，因爲這件事關係到我，我猜有人要拿這次的市長選舉做文章。我還是第一次參加這種選舉，沒有經驗，您說我要怎麼辦啊？」

「真的假的？」金達有些不相信的問道。

孫守義言之鑿鑿地說：「當然是真的了，這麼嚴重的事我哪敢開玩笑啊。我倒不在乎這個市長我能不能選得上，我在乎的是組織交給我的任務，如果無法完成，我要怎麼去跟組織交代啊？」

金達心說：你說得好聽，市長能不能選上跟能不能完成組織交代的任務還不是一碼事啊，不過，如果真的有人想要拿選舉市長做文章，他這個市委書記兼人大主任也是難脫干係，於是說：「老孫，你先別急，先跟我說究竟孫濤同志跟你說了些什麼？」

孫守義說：「眼下選舉的日期臨近，我心裏卻一點底氣都沒有，所以在雲山縣要回來前，特別把孫濤叫上車，向他瞭解一下雲山縣的市人大代表對我這個市長候選人的看法。我滿心以爲孫濤一定會盡全力貫徹上面的意圖，確保雲山縣的市人大代表們都支持我，投我一票的，哪知道根本就不是這麼回事。」

金達問：「孫濤是怎麼說的？」

孫守義說：「孫濤說他自己會服從組織上的安排，不過其他的代表要怎麼投票他就無法保證了，因爲其他代表有表達自己意見的權利，他無法強迫他們。」

「孫濤真是這麼說的？」

金達的眉頭皺了起來，他已經感覺到事情的嚴重性了。作爲一個縣委書記，孫濤說這種話是很不應該的。他應該服從組織，全力貫徹上面的意圖才對，而不是說這種其他代表的意見與他無關的話。

孫守義斬釘截鐵地說：「他就是這麼說的，當時車上還有別的人，您不信可以問他們。老實說，我當時聽到孫濤這麼說也十分的意外，我不知道是他無法掌控雲山縣的形勢，還是他個人對我有什麼意見，想借機搗亂這次選舉來報復我。」

「不管是什麼都不應該，」金達說：「老孫啊，你看會不會是某些同志有另外的想法啊？」

金達的話正中孫守義的下懷，他正苦於沒有話題引到于捷身上去，這下省得他還要拐彎抹角了。

「不會吧？」孫守義一副不敢置信的表情，說：「我沒覺得市裏哪一個人想要跟我爭這個市長的位置啊？我感覺他們都是支持我的。」

金達搖搖頭說：「事情不能只看表面，這世界上很多人表面上跟你稱兄道弟，實際上卻腳底下使絆子的啊。」

孫守義點點頭說：「這倒也是，我也覺得事情不是那麼簡單。您看這件事我們要怎麼應對啊？要不要跟省委彙報一下？」

孫守義很想把這件事情彙報給省委，那樣省市兩級的相關領導就會對此充分重視，于捷再想有什麼動作根本就是不可能的。不過，把事情捅到省委也有弊端，省委會覺得金達缺乏掌控全局的能力，金達肯定不願意這麼做。

果然，金達搖了搖頭，說：「老孫，事情還沒嚴重到那種程度吧？現在離正式選舉還有一點時間，我覺得完全可以在市裏解決的。」

孫守義那麼說，也是想給金達施加點壓力，讓金達不敢掉以輕心。便說：「我尊重您的意見，我只是覺得事情不要鬧到失控，那時省委會怪我們的。」

金達認同說：「我們絕不能讓事情失控。」

孫守義說：「那您準備怎麼做呢？」

金達想了想說：「我想先去一趟雲山縣，跟那裏的市人大代表們座談一次，看看究竟是他們對你有意見，還是有人在故意操弄。」

孫守義說：「書記，我自問我到海川這麼久，並沒有做什麼對不起海川市民的事，代表們會對我有什麼意見啊？再說，這些代表都是組織上安排的，他們也沒有理由跟組織對抗。看來還是有人在背後操弄比較可能。」

金達瞅了孫守義一眼，說：「老孫，我知道你現在肯定很煩躁，但是越是煩躁的時候越不能失了分寸。人大代表可都是市民們選出來的，不是組織上安排的，這種話老百姓可以瞎講，你和我卻不能說，傳出去可是很大的失誤。」

孫守義趕忙點頭說：「書記您說的很對，對不起，是我失言了。」

金達笑笑說：「對不起就沒必要了，我只是覺得越是這種時候，我們說話越是要謹慎些。」

孫守義說：「我知道了，誒，書記，您準備拿孫濤同志怎麼辦呢？」

金達沉吟了一會兒，說：「孫濤同志雖然工作做得的還可以，卻沒有一點政治覺悟，還瞎攙和他不該攙和的事情，已經不適合再擔任縣委書記的職務了。不過在目前這個敏感時期，動他會引起一些不必要的反彈，所以我想等選舉完了再對他進行調整吧。」

這樣一來，孫濤的仕途就算是畫上句號了。孫守義並沒有感到有什麼不忍心，政治博弈完全是零和遊戲，如果是他輸了，他將面對比孫濤更慘的局面。

孫守義點點頭說：「書記，您的考慮很周詳。現在確實不宜對孫濤同志做什麼動作。」

金達說：「老孫啊，後續要怎麼做，等我去了雲山縣看看情況再說吧。」

孫守義說：「行，我也要去雲山縣周圍的幾個縣市走走，看看那些地方的情況如何。」

金達點點頭，說：「是應該去走走，就像雲山縣這樣，發現情況及時處理，避免釀成重大事件。」

第二天，兩人就分頭行動，孫守義繼續原定的行程，金達則是去了雲山縣，跟雲山縣的市級人大代表逐個做單獨的交流。

可能是孫濤做了一些彌補工作，這些市級人大代表在金達面前都做了明確的表態，表示一定會全力貫徹組織的意圖，支持組織推薦的市長候選人。

金達很滿意，他想要的就是這種結果，因此他大力表揚了這些代表們的配合。按照金達的看法，如果真的曾經有人想操弄這次的市長選舉，那現在這種想法已經被扼殺在搖籃裏了。

另一邊，金達把孫濤叫來好一頓的批評，嚴厲的質問孫濤跟孫守義說的那些話是什麼意思。金達問孫濤：「孫濤同志，我要你明確的告訴我，你個人對守義同志是不是有什麼看法？」

孫濤趕忙否認說：「書記，您誤會我的意思了，當初是有同志跟我反映對孫市長的看法，所以我才會跟孫市長那麼說的。」

金達教訓孫濤說：「那些話也是你該說的？你應該說服代表們支持守義同志，而不是放任不管。我已經跟代表同志落實了他們的看法，他們都承諾支持守義同志，如果選舉當中你們雲山縣再出什麼狀況，那問題就在你這個縣委書記身上了，到時候你可不要怪我對你不客氣。」

孫濤的臉色灰一陣白一陣的，好半天說不出話來。

孫守義在其他幾個偏僻縣市走了一圈，他很注意觀察這些縣市的領導對他的態度，看到那些領導對他的態度還是很熱情，甚至有些對他還有些巴結，至此，他心裏大致認定這些人沒有要跟他搗鬼的意思，這讓孫守義鬆了口氣。

緊接著，金達在海川召開了一次常委擴大會議，在會議上再次強調了紀律性，要求各相關領導要嚴格服從組織的安排，不能做任何跟組織對抗的事。入會人員大概早就聽聞雲山縣的事，自然不會在這時候自找沒趣，大家紛紛表態說一定會盡力維護選舉順利進行。

一場本來正在醞釀形成的政治風暴，就這樣被孫守義和金達聯手給消弭於無形。

不過金達和孫守義並沒有因此就放鬆下來，只要市長選舉一天沒有塵埃落定，什麼事情都可能會發生，因此他們的心依舊懸著，密切關注著海川政壇上發生的事。

政壇上鬥爭上就是這樣，一場鬥爭的結束，並不代表以後就風平浪靜了，往往後面緊隨而來會有另一場鬥爭，甚至規模更大。如果天真地認爲自己勝利了，就此鬆懈下來，那等待你的很可能是栽一個大跟頭。

孫守義和金達算是久經沙場，受過血的教訓，自然不會犯這種低級的錯誤。兩個人雖然沒有交流什麼，但目標其實都是一致的，都在注意市委副書記于捷的一舉一動。

表面上看來，于捷似乎顯得很平靜，沒有什麼異常的舉動，每天依舊是滿臉笑容的出現在人們的視線當中。

特別是在見到孫守義的時候，還會熱情地跟孫守義打招呼，對孫守義顯得十分的尊重，一副好像他根本就無意要跟孫守義爭市長的樣子。金達和孫守義並不完全相信于捷就這麼認輸了，他們擔心于捷平靜的表面下是不是在醞釀更大的風暴。

在這個時候，一些跡象更表明有人還是在蠢蠢欲動。

那些關於孫守義跟陳鵬有勾結的謠言並沒有消失，反而傳得更凶了，甚至繪聲繪影，說得有頭有臉的。還有人說陳鵬將一個海平區的女幹部送給孫守義陪宿，這個女幹部長得花容月貌，是陪陳鵬睡過感覺不錯才送給孫守義的，孫守義因此對陳鵬那麼賞識。這些謠言把孫守義和陳鵬描述的要多淫亂不堪就有多淫亂不堪。

孫守義聽到這些謠言，當下十分的惱火，不過氣歸氣，孫守義對此卻無可奈何，無法作出澄清，也不知道該跟誰澄清。朋友只好勸他對這種謠言聽過就算了，千萬不要當真，如果當真，就是上了在背後搗鬼的人的當了。對此，孫守義也只能期望謠言止於智者。

此時他已經無法確定造謠的人究竟是不是于捷在操弄的，他只能對自己的行為謹慎再謹慎，因此劉麗華幾次打電話讓他過去，他都斷然回絕了。在這種詭譎的氛圍下，處於暗潮中心的孫守義不得不打起十二分小心。

也就在這種微妙的形勢下，省裏終於公佈了兩名副市長的任命，由曲志霞調任海川市市委副書記、常務副市長，泰河市市委書記李天良則晉升為海川市副市長。

任命一公佈，曲志霞就來海川就任了。

曲志霞四十剛出頭，相較其他女幹部來說，曲志霞的模樣還算過得去，在財政廳向來有「美女廳長」的稱號。

曲志霞到任之後，孫守義私下跟曲志霞談了一次話，他先向曲志霞表示了歡迎。曲志霞爽朗的感謝孫守義對她的歡迎，並表示她以前只有在省機關工作的經驗，對市政府這塊的工作不太熟悉，希望孫市長能夠對她多加關照。又說她早就聽說孫守義是一位能幹有魄力的領導，對能在他手下工作，她也感到十分的榮幸。

對曲志霞表現出來的謙卑態度，孫守義很滿意，這個女人沒有顯出省裏下來那種趾高氣昂的架勢；此外，她也沒有強調她跟金達很熟，從而借金達來壓他這個市長。說明她還懂得拿捏分寸。

孫守義立即笑說：「曲副市長真是太客氣了，我有什麼魄力啊，海川市之所以有點成績，都是在金達書記英明領導下才取得的，我只是他的副手，配合他的工作而已。所以有魄力的是金達書記，並非我。」

曲志霞笑笑說：「孫市長您的話說得太謙虛了，您來海川之後做了些什麼，東海省政壇上是有著公允的評價的。」

曲志霞的話讓孫守義心裏愣了一下，表達出來的意味很耐人尋味，她並沒有順著孫守義的意思去說金達怎麼怎麼好，而是說東海政壇對他有公允的評價，裏面隱含的意味似乎是在說，雖然金達現在是市委書記，但她並不認爲金達就是那麼好。似乎隱隱當中，曲志霞有點看不起金達。

孫守義抬頭看了一眼曲志霞，他在捉摸曲志霞這麼說會不會是一種試探，在試探他對金達真實的態度；還是曲志霞真的對金達存有某種看法。

孫守義捉摸不透曲志霞真實的態度，只好含糊的說道：「曲副市長，叫你這麼說的我都有些不好意思了。以後你我就是同事，希望能夠合作愉快，共同為海川市的發展盡一份力量。」

曲志霞笑笑說：「市長放心，作為您的副手，我一定會盡力配合好您的工作的。」

孫守義說：「那我先表示感謝了。你這還是第一次來海川吧？你們女人應該比我們男人有更多的難處，所以生活上如果有什麼困難儘管說，能幫你解決的一定幫你解決，我解決不了的，還有金達書記。」

曲志霞笑說：「孫市長，您這話我可不願意聽啊，怎麼，瞧不起我是女人？」

孫守義趕忙說：「不是的，我可沒有歧視女人的意思，我是說女人在家庭上的負擔更重，要考慮的事情也多，所以才會這麼說的。」

曲志霞笑了笑說：「這方面市長就不必為我擔心了，我會安排好自己的生活的。」

看來這是一個很要強的女人，孫守義忽然想到，這些年曲志霞雖然也發展的不錯，但是比起金達這個後起之秀來，她總還差了那麼一點。會不會就是因為這個，所以對金達存著某種程度的嫉妒呢？不過這只是他的臆測，這個臆測成不成立，還需要經過一段時間的觀察。

他覺得可以結束跟曲志霞的談話了，就站起來，說：「曲副市長，我一會兒還有活動要參加，不能跟你再談下去了，來，祝我們搭檔愉快。」

曲志霞跟孫守義握了握手，說：「我們的搭檔肯定會很愉快的，市長忙吧，我先出去了。」

曲志霞走出孫守義的辦公室，孫守義拿起水杯喝了口水，腦子裏想著剛才跟曲志霞會面的細節，心裏冷笑一聲，說：金達啊金達，你以爲你把舊同事弄來海川，她就一定會成爲你的鐵桿下屬了嗎？恐怕未必，搞不好你這麼做反而是搬起石頭來，砸了自己的腳。

另一方面，曲志霞不投向金達，並不代表她就會投向他。也許這個女人有她自己的想法，如果真是那樣的話，海川政壇的局面將會更加複雜。

曲志霞的到來意味著一股新生勢力的誕生，金達、他、于捷、曲志霞等各方勢力的博弈將會更加的熱鬧了。

幾天後，孫守義召開了市政府常務會議，在會議上，鑒於工作需要，對市長副市長的分工重新進行了劃分。

孫守義作爲代市長，主持市政府全面工作，包括財政、稅務工作。常務副市長曲志霞分管市府辦公室、保密、行政、安全等工作。這是因爲海川剛剛發生過「紅豔后」酒吧大火事件，孫守義不得不對安全工作重視起來，就把本來不是常務副市長分管範圍的安全工作交給了曲志霞分管。

副市長何飛軍分管工業、商貿、高新開發區、經濟協作等工作。何飛軍在副市長之中的地位因此得到了顯著提升，排名也上升了。

而新晉升的李天良則是分管人口計生、旅遊、外事僑務、衛生、藥品監督管理等一些次要的工作。因爲他是新近才升爲副市長，按照慣例，副市長的排名是依次遞補的，李天良進入市政府最晚，排名也就是最後一個了。

李天良對此也無話可說，論資排輩，他確實也只能排最後一個。不過他心裏卻很不滿。雖然當上了副市長，好像是升了一級，實際上這個副市長的含金量遠遠低於一個縣級市的市委書記，因此李天良的這種晉升實際上是明升暗降。

孫守義從大門貓眼裏看到外面站著的是何飛軍，心中有點意外，這傢伙怎麼來了？雖然他跟何飛軍處得不錯，但是私下裏他們的互動並不多，何飛軍到他的住處來拜訪他還是第一次。

孫守義心裏遲疑了一下，他猜測何飛軍是因爲剛剛被調整了分工，可能是是過來向他表示感謝的。

既然何飛軍來了，孫守義也沒有將他拒之門外的道理，便打開門，熱情的說：「是老何啊，快進來吧。」

何飛軍笑了笑說：「市長還沒休息啊？」

孫守義說：「休息什麼啊，我們這些做幹部的，哪有那麼好命這麼早就能休息？進來坐吧。」

何飛軍跟著孫守義進了門，在沙發上坐了下來。

孫守義泡好茶，把水遞給何飛軍，何飛軍十分恭敬的雙手將杯子接了過去。

孫守義說：「老何，找我有事啊？」

不出孫守義所料，何飛軍果然說：「我是要感謝市長對我的信任，從來還沒有領導對我這樣好過。實話說，您一下子給我這麼重的擔子，我心裏有些惶恐，真擔心幹不好給您臉上抹黑。」

孫守義聽了頗感受用，嘴上卻說：「哎呀，老何，說感謝就見外了，我們關係這麼好，哪還需要說什麼感謝啊！至於給你的擔子，我可是經過深思熟慮的，以我對你的瞭解，知道你有這個能力，我才敢讓你擔這麼多責任的。老何，你不要擔心，只要放開手腳好好幹，就一定能幹好的。」

何飛軍臉紅了，眼睛也有些發亮，顯然孫守義說他有這個能力讓他十分的激動，他說：「謝謝市長對我這麼信賴，我一定努力工作，力爭不辜負您的期許。」

說到這裏，何飛軍把他的手提包拿了過來，從裏面拿出一本發黃的十二開冊頁，冊頁的黃色很自然，不像是故意做舊的，顯然有些年代了。

何飛軍這麼做，令孫守義有些意外，何飛軍並不是個很活絡，會運作社會關係的人，孫守義甚至覺得他有些死板，不然他也不會老是做排名最後的副市長了。也正因爲這樣，孫守義才敢起用他，他希望是一個老實本分的人做他的助手。

人太機靈了，就會不安分，就會想辦法爲自己爭取利益，這種人不可信賴，孫守義剛接手海川，自然不想用那些可能惹麻煩的人。只是沒想到他認爲本分的人居然也玩起這種把戲來了，讓孫守義有些不高興。

何飛軍沒有察覺到孫守義的不高興，自顧的說：「市長，您看，這是清初禮敬親王的一份書法冊頁，我請教過……」

「老何，你不要說了，」孫守義打斷何飛軍的話，不高興的說：「你這是幹嘛？想害我犯錯誤嗎？趕緊給我把東西收起來。」

何飛軍被說得滿臉通紅，笨拙的爲自己辯解說：「市長，我只是想對您表示感謝而已，您要是知道我心中對您有多感激的話，就會覺得這份冊頁真是太平常了。」

孫守義瞪了何飛軍一眼，他覺得何飛軍很不會察言觀色，他的神情已經很嚴厲了，何飛軍卻還想將東西塞給他，便惱火的說：

「你再這麼說的話，恐怕我要重新考慮這次對你的分工調整是不是合適了。老何，不要把我們的關係搞得這麼庸俗好不好？我也不想跟你說什麼好聽的，我就是覺得我們倆對脾氣，你的能力又可以多承擔點責任，所以才這麼做的。」

何飛軍還想勸孫守義把東西收下來，便說：「市長……」

孫守義臉色沉了下來，說：「老何，你聽我一句，你還當我是朋友的話，就趕緊把這個冊頁給我收起來。朋友之間是不需要這一套的，只要你能把工作幹好，就比什麼都強。」

何飛軍瞅了孫守義一眼，看出孫守義是認真的，這才把冊頁給收了起來，尷尬的陪笑說：「市長，是我不對，對不起。」

第十章

孫子用間

孫子兵法就有《用間》一篇，講的就是如何使用間諜耳目的：

「故明君賢將所以動而勝人，成功出於眾者，先知也。

先知者，不可取於鬼神，不可象於事，不可驗於度，必取於人，知敵之情者也。」

孫守義的臉色緩和下來，看著何飛軍說：「老何，我知道現在的社會風氣流行這個，你不這麼做，怕我會怪你，其實你是想差了，我千里迢迢來海川，可不是爲了發財的，你也知道我的經歷，要是想發財的話，我在北京部委工作的時候機會多的是，也不用等到現在了。」

何飛軍臉色不自然地點點頭說：「市長您說的是。」

孫守義接著說道：「老何，在這裏我也要警告你啊，如果被我知道你在這方面有什麼違紀違法的事情，我孫守義是第一個不會放過你的。」

何飛軍趕忙搖搖頭說：「市長，您放心，我何某人如果會搞這一套的話，早就不是現在這個模樣了。」

孫守義笑說：「那你這冊頁是怎麼一回事啊？」

何飛軍不好意思的說：「實話說，這冊頁是從我老丈人那裏偷出來的，我老丈人很愛搞收藏，這是他收藏的最好的一件東西，寶貝著呢。我覺得您是真的對我好，就想拿來對您表示個意思。」

孫守義不禁笑了起來，說：「你老丈人的？你這傢伙，老人家的東西你也惦記啊。趕緊給老人家送回去，別讓他知道了氣壞身體。」

何飛軍點點頭說：「我知道了市長，回頭我就會把東西給老丈人送回去的。」

孫守義說：「行了，老何，再也不要想這些歪門邪道了，只要你好好工作，我們會一起開創出更好的未來的。」

孫守義這是在向何飛軍承諾，意思是何飛軍只要好好工作，他如果有更好的發展，一定不會忘記何飛軍的。

何飛軍一聽就明白了，趕忙說：「市長放心，我今後一定會好好工作，再不想這些歪門邪道了。」

孫守義笑笑說：「我相信你，老何，行了，時間也不早了，你回去休息吧。」

何飛軍點了點頭，說：「是，市長您也早點歇著吧。」孫守義便站起來送他出去。走到門口時，何飛軍停了下來，對孫守義說：「市長，有件事我要跟你彙報一下，您要小心一下李天良，我今天經過他辦公室的門口，聽到他在跟朋友發牢騷，說對分工安排感到十分不滿意，說淨給他一些無關緊要的部門，認爲這是您故意在整他。」

孫守義心說：這傢伙在這裏磨蹭了一晚上，也就這句話還算是有用，讓他瞭解了李天良對他的真實看法。

作爲一個領導者，必須做到耳聽目明，瞭解周邊的形勢。如果一個領導人對周邊形勢一點都不瞭解，那到時候他連怎麼死的都不知道。而想瞭解周邊的形勢，就必須要有像何飛軍這種耳目才行。

孫子兵法就有《用間》一篇，講的就是如何使用間諜耳目的：「故明君賢將所以動而勝人，成功出於眾者，先知也。先知者，不可取於鬼神，不可象於事，不可驗於度，必取於人，知敵之情者也。」

意思是明君和賢將之所以一出兵就能戰勝敵人，功業超越眾人，就在於能預先掌握敵情。而要事先瞭解敵情，不可求神問鬼，一定要取之於人，從那些熟悉敵情的人的口中去獲取。

官場如戰場，做官之法其實跟兵法有很多的相通之處。想要在官場上屹立不倒，也必須要有能夠及時將對手情況回報給他的耳目。

孫守義點點頭說：「老何，謝謝你的提醒。你看，我是從北京來的，跟海川市總有點不接地氣，常常會覺得不瞭解下面的同志對我究竟是怎麼想的，你這麼一提醒，我心中有數了。」

何飛軍心中也很高興，覺得自己做了一件幫到孫守義的事，算是對孫守義賞識他有了回報。他高興地說：「市長您客氣了，我是您的助手，當然有責任幫您瞭解周邊的情況嘛。」

孫守義拍了拍何飛軍的肩膀，說：「好了老何，早點回去休息。還有啊，趕緊把你老丈人的東西給還了。」

何飛軍笑說：「我會的。」

送走何飛軍，孫守義開始思索李天良對他不滿的事。

李天良的這個態度，孫守義心中一點也不意外，他在調整分工的時候，就猜想到李天良會對他分管的部門有微詞。但是理解歸理解，並不代表孫守義可以容忍李天良公開表達對他的不滿，這是對孫守義權威的一種挑釁。

另外，孫守義對李天良爲什麼會這麼不謹慎，讓何飛軍聽到他發洩不滿的話，心中也有所疑問。似乎他是刻意要說給何飛軍聽，好借何飛軍之口將不滿傳達到他的耳朵裏。

孫守義不禁搖了搖頭，他們總以爲玩的把戲很聰明，其實卻是蠢笨之極。他能成爲副市長，完全是因爲金達的緣故，現在李天良的不滿是衝著他孫守義來的，只要孫守義稍加引導，李天良攻擊的靶子就可能變成是金達。

畢竟想要李天良做這個副市長的不是他孫守義，而是金達；李天良將會面對金達的怒火，孫守義甚至不用出手就能將他擺平了。

第二天，在例行的書記會開完的時候，于捷先行離開了，孫守義則留了下來，他對金達說：「書記，我有件事想跟您私下聊一下。」

金達看了看孫守義，說：「什麼事啊？」

孫守義說：「也不是什麼大事，是關於李天良李副市長。」

金達愣了一下，說：「天良同志怎麼了？」

孫守義說：「他好像對出任海川市的副市長很不滿意，在一些場合不加掩飾的說我在整他，您應該知道我並沒有針對他。他到市政府來，排名分工，這些都是按照以前的慣例做的安排，我不知道他爲什麼會對我有那麼大的意見。」

金達有點不相信的說：「天良同志不會這麼做吧？」

孫守義苦笑了一下，說：「怎麼不會啊，有些同志都聽到他發的牢騷了。我理解他可能因爲職務的調整，心裏有些落差，但是這些牢騷讓下面的同志聽到了，會怎麼看我們這一屆市政府的領導班子啊？」

金達聽了說：「天良同志這麼做是有些不太妥當。」

孫守義又說：「我這個代理市長還沒轉正呢，就傳出這種不和諧的聲音，這讓我還怎麼再去領導其他同志啊？我知道您跟天良同志關係不錯，是不是您出面跟他說說，有什麼意見可以擺在桌面上談嘛，不要背後發牢騷，很不好。再說現在市長選舉即將要舉行，本來就有一些別有用心的人在暗地裏興風作浪，天良同志再來這麼一手，我真擔心讓那些人更有機可乘了。」

北京，海川大廈，傅華辦公室。

傅華正在和常務副市長曲志霞通電話。市長、副市長確定分工之後，曲志霞就成爲駐京辦新的分管領導，他有必要跟曲志霞彙報一下工作，並請示新領導對駐京辦工作方面的指示。

傅華並不認識這個曲志霞，只在網上看到過曲志霞的資料，其中就有曲志霞的照片。看上去，曲志霞模樣長得還可以，照片上笑咪咪的，好像很好打交道的樣子。

傅華自然希望能跟新領導相處融洽，但是他也不敢就抱有這種幻想，能到曲志霞這一層級的領導都不是簡單的人物，你很難把握住他們的脈搏，所以除了儘量做好領導交代的任務，還是不要多想其他的了。

傅華自報家門之後，曲志霞說：「是傅主任啊，我知道你，你原來不是給省委秘書長曲煒同志做過秘書嗎？」

曲志霞事先已經做過功課，瞭解過這些下屬的情形。傅華喜歡這種事先做好準備的領導，這樣就能很快進入狀況，也省得下屬還要多費精神引導他們。

傅華笑笑說：「是的，曲副市長，現在駐京辦由您分管，我想跟您彙報一下駐京辦的情況。」

曲志霞說：「好的，你說吧。」

傅華就做了詳盡的彙報。彙報完，傅華說：「副市長，您看您對駐京辦有什麼指示啊？」

曲志霞笑笑說：「傅主任，你說的我都記下來了，我現在剛到海川，還在熟悉的階段，我不好貿然的對駐京辦的工作談什麼觀點，你們就繼續按照原來的步驟工作吧。你的事跡我在省裏也聽說了一些，知道你工作出色，就再接再厲吧。」

曲志霞沒有在一上任就對駐京辦的工作指手劃腳的，給傅華一個很知道分寸的印象，讓傅華對她的好感又多了幾分。

傅華便說：「那好，副市長，我就按照您的吩咐去做，有什麼情況我再跟您彙報。」

曲志霞說：「行，有什麼事我們隨時溝通吧。」

傅華就準備結束通話時，曲志霞又說：「傅主任。你跟太太的矛盾還沒有化解啊？我聽說你這段時間一直住在駐京辦的宿舍裏面。」

傅華愣了一下，有點尷尬，這個曲志霞的功課還真是做的很深入，居然連他的私生活都瞭解。

傅華尷尬的說：「看來您已經知道我發生的那段糗事了，我的妻子至今還不肯原諒我，所以我才住在駐京辦的。」

曲志霞親切地說：「傅主任你不要誤會啊，我不是想指責你什麼，只是想說需不需要我出面幫你做做你妻子的工作啊？市裏的領導大都是男的，這種事情他們不好插手，我是女人，女人跟女人之間就好溝通的多了，也許我能幫得上你的忙？」

雖然傅華知道曲志霞這麼做是想籠絡他的成分居多，但是心中還是很感激，起碼這位新來的女領導爲他著想了。不過就算曲志霞出面，也沒什麼用，鄭莉那個倔脾氣可不會因爲曲志霞就改變的。

傅華感激地說：「謝謝您，副市長，您能這麼說，我心裏就很感激了，不過我妻子那個人脾氣很倔強，很難改變，還是不給您添麻煩了。」

曲志霞說：「你先不要急著下結論，女人的事男人永遠搞不懂的。這樣吧，等過段時間，我會去北京走一趟，到時候你安排我見見她，我看看能不能幫你打開這個結。這個應該可以辦得到吧，除非你不想跟她和好了。」

這個女人還真是有一種不達目的不甘休的架勢，也許她還真能幫他化解跟鄭莉的僵局也不一定。傅華便笑笑說：「我怎麼會不想跟她和好啊，求之不得呢。那我就等著您蒞臨北京了。」

曲志霞說：「你不用等很久的，我很快就會去的。好了，就這樣吧。」

曲志霞掛了電話，傅華開始琢磨起曲志霞這個人。

這個女人很懂得人心，工作都做到他的心坎上了，輕輕幾句話，就讓他浮起一種親切的感覺，這也許就是女性領導的一種天生的優勢吧。

傅華也很期盼曲志霞真的能夠幫他打開僵局，他已經厭倦這種分居的生活了。現階段，鄭莉的態度似乎有點緩和下來了，有時候傅華去看傅瑾，鄭莉對他不再那麼一副深惡痛絕的樣子，偶爾還會關心他一下，讓他的心裏又燃起了希望。但這種希望反而讓他不敢冒著再度開罪鄭莉的危險去進一步求和，只好這麼不尷不尬的生活著。

傅華正坐在辦公室胡思亂想著，他的手機響了起來，是蘇南打來的，最近兩人因爲東海省項目的關係往來頻繁。

蘇南說：「在幹嘛呢？」

傅華回說：「沒事，在辦公室裏發呆呢。南哥有事嗎？」

蘇南笑笑說：「沒什麼事，就想找人吃飯，你也別發呆了，出來吧。」

「去那裏啊？」傅華說。

蘇南說：「就去曉菲那裏吧，她那裏我比較自在一些，我們就在那裏碰面吧。」

「行啊，我剛才還想要去哪裡吃飯呢。一會兒見。」傅華回道。

看看時間，已經到了下班時間，傅華就收拾一下，驅車到了曉菲那裏。

一進門就聽到兩個女人在咯咯地笑著聊天，沒想到又在這裏碰到了喬玉甄，她正跟曉菲聊得很開心呢。一段時間不見，這兩個人好像變成好朋友了。

蘇南還沒到的樣子，傅華不想加入兩個女人當中，正猶豫著是不是退出去等蘇南，沒想到喬玉甄眼尖，看到了在門口的傅華，便對曉菲說：「曉菲，你看是誰來了？」

曉菲抬起頭看到了傅華，便招呼說：「傅華，你什麼時候變得這麼鬼鬼祟祟的了，居然躲在門口偷聽我和玉甄的談話？」

傅華無法退出去，只好往裏走，一邊笑著說：「你別冤枉人好不好？什麼偷聽啊，我一腳踏進來，就聽到你跟喬小姐聊得正高興呢。想說不打攪你們。」

喬玉甄瞅了傅華一眼，忽然撲哧一聲笑了出來，倒把傅華給笑愣了，看著喬玉甄納悶地說：「喬小姐你笑什麼啊，是不是我哪裡不對勁了？」

傅華不自信的摸了摸自己的臉，他現在住在駐京辦宿舍，一個男人獨自生活，很多方面都是能將就就將就，也許臉上有什麼沒注意到的東西。

沒想到喬玉甄看傅華尷尬的樣子越發覺得有趣，索性哈哈大笑起來，指著傅華說：「曉菲，你說他跟老婆承認錯誤的時候，會不會也是現在這樣窘迫啊？」

「應該是吧。」曉菲也跟著喬玉甄笑了起來。

傅華的臉騰地一下子紅了，他知道曉菲跟喬玉甄剛才是在聊什麼了，肯定是在聊他的裸照事件。這讓傅華有些無地自容，好像他在兩個女人面前被扒光了一樣。

他心中十分後悔不該答應蘇南出來吃飯，不然也不會受到這種羞辱，又無法從這裏逃走，只好硬著頭皮在兩個正笑得花枝亂顫的女人旁邊坐了下來，自嘲的說：

「我還以爲兩位是淑女呢，誰知道也會對我這些爛事感興趣啊？」

喬玉甄笑著說：「我不是對你這種爛事感興趣，而是沒想到傅先生這樣一個正經的人居然也會有這種花花事鬧出來啊？我剛才目測了一下，傅先生的身材很不錯啊，想來你那些照片應該很有看頭吧？」

傅華有點哭笑不得，搖搖頭說：「喬小姐，你覺得這麼嘲笑我很有意思嗎？」

喬玉甄看出傅華有點惱羞成怒了，就收起笑容說：「好了傅先生，你也別太介意，誰沒有做過一點糗事啊？如果都那麼介意，人都不要活了。」

曉菲也說：「是啊，傅華，玉甄說的很有道理，這件事過去那麼久了，你也該放下了。」

傅華不悅的瞅了曉菲一眼，他想裸照事件一定是曉菲說給喬玉甄聽的，就沒好氣的說：「我是想放下，只是我沒想到你會拿這件事情當作笑料，到處跟人家講。」

曉菲有些委屈地說：「傅華，你誤會我了……」

「我誤會你什麼啊？」傅華生氣地說：「你看你們笑得多開心啊，還不是拿我當笑料？」

喬玉甄在一旁說：「傅先生，你真的誤會曉菲了，她講這件事是幫你向我解釋的，不是拿你當笑料。」

傅華愣了一下，說：「什麼意思啊，我不明白。」

喬玉甄解釋說：「是這樣子，剛才我跟曉菲說起你來，我說你是不是有點心理不正常，我又沒得罪你，怎麼你看到我卻總是一副愛理不理的樣子。曉菲就跟我解釋，說你最近被一個女人算計了，還拍了那種照片，所以對漂亮女人有點敏感，讓我不要怪你。我這才知道你還有這麼段故事，又想起你總是正經八百的樣子，覺得這種反差很有趣，正說著你來了，就憋不住笑了出來。所以你要怪不要怪曉菲，笑你的人是我，你怪我好了。」

傅華這才知道自己錯怪曉菲了，就對曉菲說：「對不起啊，是我沒搞清楚狀況。」

曉菲諒解地說：「好了，傅華，你別再這麼一本正經的了行不行啊？你這樣又會讓我們感覺好笑了。」

傅華搖搖頭說：「你們願意笑就笑吧，反正我的形象已經破功，想挽救也挽救不了啦。」

「什麼形象啊？」蘇南一腳插了進來，笑著說：「都什麼時代了，還考慮形象。」

看到蘇南進來，三個人都站了起來。

喬玉甄先打招呼說：「蘇董來了。」

蘇南笑說：「喬小姐也在啊。」

喬玉甄笑笑說：「是啊，我很喜歡曉菲這裏，主人又那麼高雅，所以沒事就過來坐坐。」

蘇南詫異說：「沒想到喬小姐來自香港那種現代時髦的地方，還會喜歡四合院這種民俗的東西。」

喬玉甄笑說：「蘇董快不要提香港了，如果蘇董去過香港，就會明白香港那些跟鴿子籠一樣的高樓大廈是無法跟這四合院相比的。有時候我都在想，香港人擠在那麼狹小的空間裏生活，會不會遲早有一天得上幽閉症啊？」

蘇南聽了說：「香港的很多房子空間確實很小，也因爲這樣，帶客人回去恐怕連個坐的地方都沒有，所以港式飲茶那麼流行。不過這些喬小姐應該沒有體驗過吧？」

喬玉甄搖搖頭說：「怎麼沒有啊？我沒有蘇董那麼幸運，生在一個好的家庭裏，我很小的時候，因爲父親不善經營，家道中落，也曾經一家七口擠在一間不到十坪的小房子裏，生活在那麼小的空間裏，毫無隱私可言，換件衣服都只能用塊布簾遮擋，想要自己一個單獨的房間更是不可能的奢望。」

傅華沒想到氣質高貴的喬玉甄也是過過苦日子的人，她的外表上一點都看不出來，像是從小就嬌生慣養的貴婦一樣。

喬玉甄繼續說道：「那時候，我就發誓我一定要拼命賺錢，好給自己買一棟大房子，這個感覺，蘇董是不會體會到的。」

蘇南點點頭說：「這個我的確沒體會過，從小我的物質生活就很豐裕，我從來都不知道什麼叫物資匱乏。不過，從好的來講，當然是不用爲生活操心；不好的是，沒有像喬小姐這種自我奮鬥經歷的豐富人生。誒，傅華，你在這方面應該跟喬小姐有共鳴吧？」

傅華回憶說：「這方面我也沒有，小時候雖然過得很窮，但是母親總是辛苦賺錢，儘量滿足我的需求。再說我也沒喬小姐這麼成功，喬小姐現在可以自傲的講述她奮鬥的經歷，我有什麼可講的啊?!」

喬玉甄笑了，說：「好了，傅先生，你別把自己說的那麼可憐，我認識的人只要知道你，對你的評價都是很高的。」

傅華自我解嘲說：「那說明這些年我沒賺到錢，只賺到人品罷了。」

喬玉甄挑傅華的語病說：「傅先生的意思是不是諷刺我只賺到錢，卻沒有了人品啊？」

曉菲看兩人有點像要吵架的樣子，趕忙插話說：「玉甄你誤會了，傅華只是自嘲罷了。好了，我們也該點菜吃飯了。」

曉菲讓廚師給弄了幾樣好菜，蘇南又讓開了一瓶紅酒，四個人就很隨意的邊吃邊聊著。

吃了一會兒，喬玉甄端起酒杯，對傅華說：「傅先生，其實你這個人不板著一副正經面孔時，也還算是個不錯的人，所以我不再介意你以前對我那個態度了，來，我們喝個酒吧。」

傅華暗自搖頭，這些女強人都是這樣，她們完全以自我爲中心，好像她的不介意是對他的恩賜，他應該千恩萬謝才對。她也不想想他介意不介意她的態度啊?!

不過她都主動和解了，傅華也不好意思不給這個面子，那樣顯得他太沒風度了，就也端起酒杯，跟喬玉甄碰了一下杯，說：「看來我這個人還可以挽救啊。」

曉菲也跟著端起酒杯，對傅華說：「這杯酒我跟你們一起喝，其實傅華啊，你別說話酸不溜幾的，玉甄說的很對，你這個人本質不壞，就是老愛搞出一副老學究的面孔出來，讓人受不了。」

這時，蘇南也端起酒杯說：「你們別把我忘啦，傅華啊，曉菲和喬小姐說的都不錯，你這個人什麼都好，就是老愛端著這一點，弄那麼正經幹什麼啊?放鬆一下不好嗎?」

傅華忍不住告饒說：「你們不要都來針對我好不好啊?我怎麼感覺今天是來參加自己的批鬥大會的啊?好像我犯了天大的錯誤一樣。」

曉菲說：「那你改還是不改呢?」

傅華笑說：「我敢不改嗎?現在可是一比三，我如果說不改，還不被你們批個狗血淋頭啊。」

喬玉甄笑著說：「算你識時務，來，爲了識時務的傅先生，我們乾了這杯吧。」

四人都呵呵笑了，各自喝了一口酒。

吃完飯，蘇南匆匆離去了，傅華也不想留下來陪曉菲和喬玉甄閒聊，便也站了起來，說：「喬小姐，你跟曉菲繼續聊吧，我要回去上班了。」

喬玉甄卻說：「傅先生，先別急著走，我有件事想要麻煩你，不知道你肯不肯幫我的忙？」

傅華眉頭皺了一下，說：「什麼事啊？」

喬玉甄指著傅華對曉菲說：「曉菲啊，你看他眉頭皺的，我說他對我有成見你還不相信，這下沒話說了吧？」

傅華有點受不了喬玉甄這種直接的作風，苦笑了一下說：「我不是不願意幫忙，而是我這個人很笨，恐怕很難幫好你這個忙的。」

喬玉甄埋怨說：「我還沒說要你幫什麼忙呢，你怎麼知道你幫不好這個忙呢?你這不是對我有成見是什麼啊？」

曉菲也緩頰說：「是啊，傅華，你不用拿出一副苦哈哈的嘴臉來，玉甄從來不強人所難的。」

傅華無奈地說：「好了兩位，你們就別一起擠兌我了，行嗎？喬小姐讓我做什麼事，我做就是了。」

喬玉甄笑笑說：「好了，不用這麼不情不願了，我不會讓你白幫忙的。」

傅華說：「好了，你就說讓我幹嘛吧。」

喬玉甄說：「我有一個朋友這幾天生日，我想去給他買個生日禮物，你陪我去看看好嗎？」

傅華爲難地說：「喬小姐，不是我不願意幫這個忙，只是我又不認識你的朋友，也不熟悉他喜歡什麼，我不知道該怎麼幫你。」

「我就知道你會這麼說，跟你這麼說吧，我那個朋友有些年紀，性格嘛有些古板，跟你很像，所以我想你喜歡的，他也一定會喜歡。要不是這樣，我就拖曉菲去了，也不需要還要看你的臉色了。」喬玉甄忍不住發牢騷說。

傅華苦笑了一下，說：「看來以後我身上會被打上一個古板正經的烙印了。好了，我們出發吧，喬小姐。」

兩人就跟曉菲告辭出了四合院。

出來後，喬玉甄說：「坐你的車吧，我今天沒開車出來。」

傅華就發動了車子，載著喬玉甄往商場走。

傅華因爲沒什麼話要跟喬玉甄講，就一直悶著頭開車。

喬玉甄忍不住瞅了他一眼，說：「傅先生，你是怕我呢？還是就是這樣不喜歡說話？」

傅華笑了，說：「都不是，我只是不知道該跟你說什麼。好像我們的世界並不搭界。」

喬玉甄笑了起來，說：「誰跟你說我們的世界不搭界的？我們有這麼多共同的朋友，曉菲、蘇董、呂先生，如果這些還不夠的話，我還有一位朋友剛到你們海川市工作，據說還是分管你們駐京辦的。」

「什麼，你認識曲副市長？」傅華驚叫起來，說：「喬小姐，你可不可以不要再用這些大官來嚇唬我這個小官僚了，好像能跟你沾上邊的，就沒有級別低的官員。」

「志霞姐算是大官嗎？」喬玉甄笑了起來，說：「我通常都是稱呼她志霞姐的，她在我認識的官員當中根本就不值一提。如果傅先生覺得她是很大的官的話，你可以在她面前提提我的名字，估計她會對你客氣很多的。」

「是啊，曲副市長這個級別在你眼中應該算不上什麼的，介紹你給蘇董還有我師兄認識的那些官員隨便拿出一個，都是我們這些低層官員可望不可即的人物。既然這樣子，你又怎麼會認識曲副市長的？」傅華好奇地問。

喬玉甄笑笑說：「是她在省財政廳的時候，來北京拜訪一個財政部領導，我跟那個領導正好是朋友，在那個朋友家認識的。因爲都是女人，互有好感，就留了名片。這次她任職常務副市長，還打電話給我，歡迎我去海川投資呢。看看，你不願意帶我去海川，你的上司卻專門打電話邀請我去。不知道如果我同意去的話，你會不會受命陪我去啊？」

「會！」傅華沒好氣的說：「如果你說要去投資的話，市政府方面一定會安排駐京辦跟你接洽的，你又這麼牛，曲副市長一定會很重視你的海川之行的，我如果不陪你過去，交代不過去。」

喬玉甄呵呵笑了起來，說：「那我就告訴志霞姐我要去海川投資。」

傅華瞅了喬玉甄一眼，告饒說：「喬小姐，現在你又蹦出了個財政部的領導來，顯然我這種層級的官員就更加令你不屑一顧了，你跟我玩這種貓捉老鼠的把戲有意思嗎？」

傅華不明白爲什麼喬玉甄會這麼跟他糾纏不清，喬玉甄所認識的人都是位高權重的角色，想要在海川甚至東海做什麼事，一個電話就可以搞定，因此除了喬玉甄想報復他，拿他要著玩之外，傅華找不出別的原因來。

喬玉甄有趣地看了看傅華，說：「你這樣是想跟我惱了是吧？」

傅華無奈的說：「我哪敢啊，你那些朋友隨便一個捏死我，就像捏死一隻臭蟲一樣容易。好了，喬小姐，如果我有什麼冒犯你的地方，我在這裏鄭重跟你道歉，希望你大人不計小人過，原諒我。」

喬玉甄笑了起來，說：「呵呵有意思，你拿自己比作臭蟲，這個比喻很恰當，你的脾氣真的很像臭蟲。」

看喬玉甄用這種帶著嘲諷甚至要弄他的語氣說話，傅華真的火了，長這麼大，還沒有人敢這麼當面羞辱他的，他也不去管車子正在馬路中間行駛，一腳踩了剎車。

車子帶著刺耳的剎車聲停了下來，後面的車子差一點撞上，司機罵道：「你找死啊，會不會開車啊。」

喬玉甄也嚇壞了，緊張地說：「你想幹嘛啊？你是不是瘋了，馬路中間你突然剎車，不想要命啦？」

傅華冷冷的看著喬玉甄說：「下車，我不奉陪了。」

喬玉甄瞅了一眼傅華，撲哧一聲笑了出來，說：「你還真惱了？你這人真是的，我跟你開玩笑的，你怎麼這麼不經逗呢？」

傅華依舊冷冷的說：「我說了，要你下車。」

喬玉甄看傅華動了真怒，有點尷尬地說：「好了傅先生，我承認我玩笑開得有點過頭了，我跟你道歉，說對不起還不行嗎？」

傅華火氣地說：「說實話，我真是有點搞不明白，以你的條件，要做什麼事，動動手指就有大把的人要幫你，你跟我這個小小的駐京辦主任黏糊什麼啊？我又沒多大能力幫你。」

喬玉甄凝視著傅華說：「你想知道原因嗎？」

傅華點點頭。

喬玉甄說：「想知道原因就先開車吧，你把車停在馬路中間，危險不說，一會兒警察就會來處理你了。」

傅華就重新發動車子，繼續往目的地走。

喬玉甄搖搖頭說：「傅先生，看你平常說話溫溫和和的，沒想到發起脾氣來居然這麼嚇人，剛才多危險啊，後面的司機如果反應不夠快，就要出車禍了。」

傅華不想解釋什麼，只是說：「你說的原因呢？」

喬玉甄餘悸猶存的說：「原因我一定會告訴你的，不過要等到了目的地我下了車再說，不爲別的，我真怕你再來一腳刹車，我們倆就一起報銷了。」

傅華就不再理會喬玉甄，悶著頭專心開車，一會兒，就到了「七九八」。

「七九八」是位於朝陽區一個以五〇年代工廠命名的藝術區，來自各地的藝術家慢慢聚集在這兒，從事藝術工作，使這裏成爲一個富有特色的藝術展示和創作空間，也成了北京充滿文藝氣息的新地標。

然而隨著這裏的名聲大噪，這裏逐漸商業化起來，那些帶有原創意味的藝術家們慢慢離開這裏，多了一些酒吧之類的營業場所，少了當初的那種味道。

下車之後，傅華對喬玉甄說：「現在你可以說了吧？」

喬玉甄卻上前挽住了傅華的胳膊，說：「你急什麼啊，我又跑不了，先陪我買了東西再說。我想給那個朋友買幅畫或者雕塑，我們先去看看有沒有合適的吧。」

傅華站著沒動，想逼喬玉甄趕緊說原因。

沒想到喬玉甄乾脆硬拖著他，還說：「好了，別鬧脾氣了，好多人都看著我們呢，你這樣他們會以爲我們是情侶在鬧彆扭呢。」

傅華掃了四周一眼，發現果然人們都用異樣的眼神在打量著他們，於是氣呼呼的說：「我可告訴你，一會兒你再不說，別說我把你撂在這裏自己先走了。」

喬玉甄笑笑說：「好，我一定會跟你解釋清楚的，現在不跟你說，不是我不想說給你聽，而是因爲我還需要拿點東西給你看，你才會相信我。走吧，我們先去買東西。」

傅華感覺到這個喬玉甄真是很有心計，她不一下就把話講出來，而是一點點的透出來，你逼問她一下，她就說一點，把你引進她的路數當中去。難怪會有那麼多高官願意爲這個女人做事，果然是有一套。

傅華只好跟著喬玉甄一起去逛街了，一路上喬玉甄都挽著他的胳膊，搞得他甩開也不是，不甩開也不是，渾身都不自在。喬玉甄卻根本不管這些，興致勃勃的拉著傅華四處看著。

選來選去，傅華幫喬玉甄選了一個國內很有名氣的雕塑家雕塑的作品，是一個捧著大肚子呵呵傻笑的男子造型。

這個雕塑近似彌勒佛，卻又不是彌勒佛，傅華看到就對喬玉甄說：「我看就選它吧。」

喬玉甄端詳了半天，搞不明白的問說：「這東西有什麼特別寓意嗎？」

傅華說：「這個最合適不過了。正經的人不會喜歡奇形怪狀的東西，這個有點類似彌勒佛，一般人都能接受；再是它是名家之作，他一聽創作者名字就大致瞭解雕塑的價值。還有，如果那個人是官員的話，這個塑像可以說他大肚能容，快樂開心之類的。」

喬玉甄聽了，滿意地說：「傅先生，看來你真是把送禮給研究透了，對收禮的人心理把握的這麼到位，好，就是它啦。」

於是喬玉甄買下雕塑，隨手遞給傅華，說：「幫我拎著吧，這東西挺重的。」

傅華心說這個女人還真是指使人指使慣了，讓人幫忙拎東西也是一副理所當然的樣子，傅華懶得跟喬玉甄計較，就接了過來，和喬玉甄一起上了車。

喬玉甄說：「送我回家吧。」

這個女人還真是一副女王風範，做什麼都是頤指氣使的，傅華拿她沒辦法，只好問道：「你家在哪裡啊？」

喬玉甄說了一個很有名氣的社區名字，傅華調侃說：「到底是有錢人啊，住這麼高級的地方。」

喬玉甄笑笑說：「男人最好還是不要用這種酸不溜幾的口吻說話，一聽就讓人知道你沒品味。」

傅華被嗆了一下，索性閉上嘴，不再說話了。

到了喬玉甄的住處，傅華停好車，剛想說什麼，喬玉甄就搶先說道：「下車，幫我把東西拎上去。」

傅華真是無言了，無奈地說：「行行，你今天真是抓了一個苦力。」

喬玉甄笑說：「喂，不會吧，這你都不情願，幫女人拎東西是每個紳士都應該有的品德啊。」

傅華擺擺手說：「好了，我幫你拎就是了。」

傅華拎著東西跟喬玉甄進了電梯，到了喬玉甄家門口，喬玉甄拿鑰匙開門，傅華剛想把東西放下來，喬玉甄又說：「誒別放，幫人幫到底，幫我拎進去吧。」

傅華心說都到地頭了，也不差那一點了，就把東西拎了進去。一進門就是偌大的客廳，傅華看了有些傻眼。一面白牆上畫著一幅側躺著的裸體女人的藝術畫，但是重點部位都借用視線的角度巧妙地遮掩過去。

這時喬玉甄在一旁說：「傅先生，我一直很好奇，男人看到這幅畫，首先會看什麼部位呢？你能給我一個答案嗎？」

傅華這才意識到他從進門之後就一直盯著這幅畫像，就趕忙把視線收了回來，尷尬的笑了笑。

喬玉甄看傅華窘迫的樣子，笑笑說：「你不用回答了，我已經知道答案了。顯然從進門到現在你並沒有去看畫像的臉，要不然你那麼討厭我，可能早就不看了。」

傅華這才發現畫像的臉，果然是喬玉甄帶點混血的臉龐。他笑說：「不論男人女人，總會先看吸引他們的地方，這是一種本能吧。」

喬玉甄呵呵笑了起來，說：「這話從傅先生嘴裏說出來，真是令我驚訝啊，我還以爲你不食人間煙火呢。」

傅華笑笑說：「我怎麼會不食人間煙火呢，你跟曉菲中午的時候不是還聊過我的裸照嗎？」

喬玉甄不禁笑說：「這倒也是，我忘記這事了。坐吧，我拿飲料給你喝。」

傅華感覺跟一個女人單獨待在一個房間裏，牆壁上還是這個女人沒穿衣服的畫像，這種感覺十分的詭異，便想趕緊遁走，就說道：「不用麻煩了，我要走了，這塑像給你放哪裡？」

喬玉甄說：「放茶几上好了，你先別急著走，我不是還有問題沒回答你嗎？」

傅華上前把塑像放在茶几上，說：「算了吧，你不用回答了，我先走了。」

喬玉甄從廚房拿了飲料過來，問說：「你不是被這幅畫給嚇住了吧？你現在大概是想趕緊逃跑吧？」

傅華笑了起來，說：「也不是，不過我有些奇怪，你爲什麼會在家中掛上這麼一幅畫呢？」

喬玉甄故意說：「我自戀嘛。怎麼樣，你看了有什麼感覺啊？」

傅華臉紅了一下，說：「挺美的。」

喬玉甄正色說：「好啦，不逗你了，其實這幅畫是我一個畫家朋友幫我畫的，我是想留住人生最美好的瞬間。你不用看我，這個房子我很少帶人來的，我也不是特別要給你看的。要怎麼說呢，我住在這時間久了，對這幅畫已經視若無睹，沒什麼感覺了，所以讓你進來的時候，就沒想起它來。」

傅華接話說：「這倒也是，就像我們剛才去的『七九八』，乍來北京的人一看會驚豔到不行，可我們看過多次的人，就覺得沒什麼啦。」

喬玉甄說：「對對，我的意思就是這樣，這幅畫對我來說，就是一面牆壁而已，但是你第一次來，就會感到震撼了。來，給你水。」

傅華接過礦泉水，喬玉甄笑笑說：「坐一會吧，過一會兒你就不會感到局促了。」

傅華笑了笑，就去沙發那裏坐了下來，喝了幾口水。

喬玉甄看著他說：「傅先生，其實我有一個問題早就想問你了，你跟曉菲之間是不是有過什麼？我總覺得曉菲提起你來，嘴角總有那麼一絲笑意，好像對你頗有情意的樣子。」

這個女人的感覺還真敏銳，居然能從細節看出這些來，傅華想想，也沒必要否認，而且以這個女人目前與曉菲的交往來看，她也很容易從曉菲那裏得到答案的。

傅華便說：「這你也能看出來，看來我要提醒曉菲注意一下自己的舉止了。」

喬玉甄說：「這麼說就是真有了？」

傅華回答說：「我們曾經有過一段情，我一度還想跟曉菲在一起過，但她最後拒絕了我。」

喬玉甄笑笑說：「就我看她也是不會接受你的。」

傅華愣了一下，說：「為什麼，我這個人有問題嗎？」

喬玉甄解釋說：「不是你有問題，而是曉菲的原因。傅先生，你要知道這世界上不是所有的女人都是為婚姻而生的，有一類傑出的女人，她們是不會被婚姻所束縛的。曉菲就是這樣的女人，她更想要的是男人對她的仰慕，如果你把她關到家庭裏去，讓她去相夫教子，就算她肯，她也不會再像現在這樣光彩奪目了。」

傅華點點頭說：「想不到你跟曉菲才認識，居然對她這麼瞭解。」

喬玉甄理所當然地說：「這沒什麼好奇怪的，我跟她基本上就是同類，自然很清楚她的想法了。」

傅華笑了起來，「哎，這年頭女人都能自己生孩子了，也就無需再去依靠男人了。」

喬玉甄說：「我倒不這麼認爲，我不想要婚姻，並不代表我不想要依靠男人，女人的世界沒有男人的襯托會很無味的。我這麼說，傅先生不會覺得我很無恥吧？」

傅華笑了起來，說：「不會，我認爲人活著是一種態度，想以什麼方式生活，完全由一個人自己的生活態度決定，只要你不妨礙到別人，又能過得了心中的關卡，那就都無所謂了。」

喬玉甄有趣地說：「聽你的觀點，你應該是一個生活上很隨意的人啊，怎麼看上去卻不是這麼一回事啊？」

傅華苦笑說：「沒辦法，我從小接受的教育讓我變得很拘謹，所以我心中是想隨意來著，但行動上還是隨意不起來。」

喬玉甄分析說：「這不是你從小接受教育的問題，而是你的生活沒遭受過什麼過不去的難關，如果讓你在生存和原則當中去抉擇，你會選擇生存還是選擇原則呢？」

傅華愣住了，這個問題他還真沒有想過，他也沒有遭遇到需要在生存或者原則二選一的時候。

喬玉甄說：「生存或毀滅，這是個必答之問題，是否應默默的忍受坎坷命運之無情打擊，還是應與深如大海之無涯苦難奮然爲敵，並將其克服。此二抉擇，究竟是哪個較崇高？死去，睡去……」

這是莎士比亞名著《哈姆雷特》中的一段獨白，沒想到喬玉甄居然能信手拈來，隨口背出，可見她受過良好的教育，她的氣質也是其來有自了。

喬玉甄還在喃喃背誦著，這段獨白朗誦到最後的時候，喬玉甄的聲音已經有些沙啞蒼涼了，想來這段話跟她的某些傷心經歷有些關聯，讓她的情緒顯得有些感傷。

這也出乎傅華的意料，他沒想到這個看上去在商界和政界叱吒風雲的女強人，居然也有這麼浪漫感性的一面。

請續看《官商鬥法》II 16政界不倒翁

官商鬥法 II 十五 官場登龍術

作者：姜遠方
發行人：陳曉林
出版所：風雲時代出版股份有限公司
地址：105台北市民生東路五段178號7樓之3
風雲書網：http://www.eastbooks.com.tw
官方部落格：http://eastbooks.pixnet.net/blog
Facebook：http://www.facebook.com/h7560949
信箱：h7560949@ms15.hinet.net
郵撥帳號：12043291
服務專線：(02)27560949
傳真專線：(02)27653799
執行主編：朱墨菲
美術編輯：吳宗潔

法律顧問：永然法律事務所 李永然律師
北辰著作權事務所 蕭雄淋律師

版權授權：蔡雷平
初版日期：2016年10月
初版二刷：2016年10月20日
ISBN ：978-986-352-352-9

總 經 銷：成信文化事業股份有限公司
地　　址：新北市新店區中正路四維巷二弄2號4樓
電　　話：(02)2219-2080

行政院新聞局局版台業字第3595號 營利事業統一編號22759935

定價 ：280元　　特惠價 ：199 元

國家圖書館出版品預行編目資料

官商鬥法 II / 姜遠方 著. -- 初版. -- 臺北市：
風雲時代，2016.01 -- 冊；公分

ISBN 978-986-352-352-9（第15冊；平裝）

857.7　　105006537